三國志

冊三

（晉）陳壽 撰

白山出版社

毓之此議，蓋何足稱耳！

（承上冊）

原文　正元中，毌丘儉、文欽反，毓持節至揚、豫州班行赦令①，告諭士民②，還爲尚書。諸葛誕反，大將軍司馬文王議自詣壽春討誕。會吳大將孫壹率衆降③，或以爲「吳新有釁，必不能復出軍。東兵已多，可須後問」。毓以爲「夫論事料敵，當以己度人④。今誕舉淮南之地以與吳國，孫壹所率，口不至千，兵不過三百。吳之所失，蓋爲無幾。若壽春之圍未解，而吳國之內轉安，未可必其不出也。」大將軍曰：「善。」遂將毓行。淮南既平，爲青州刺史，加後將軍，遷都督徐州諸軍事，假節⑤，又轉都督荆州。景元四年薨，追贈車騎將軍，謚曰惠侯。子駿嗣。毓弟會，自有傳。

注釋　①班：頒布。赦令：減免罪行的命令。②告諭：向民衆宣布説明。③會：正好趕上。④以己度人：從自己方面出發猜測別人。⑤假節：假以符節，持節，古代使臣出使時持節作爲憑證，所以叫假節。魏晉以後假節是官名，平時沒有權利處置人，戰時可斬殺犯軍令的人。

司馬昭破諸葛誕

司馬昭要討伐諸葛誕，恰逢吳大將孫壹率衆投降諸葛誕。衆謀士認爲不可出兵。鍾毓獻計説要趁着其內部沒有安定，抓緊時機討伐。司馬昭采納其建議，最後打敗諸葛誕。

譯文　正元年間，毌丘儉、文欽造反，鍾毓持符節到揚州、豫州頒布並執行赦免令，告訴那裏的官民，回來的時候擔任尚書。諸葛誕造反，大將軍司馬文王商量着親自前往壽春討伐諸葛誕。正巧吳國的大將孫壹帶領着部下歸降，有的人認爲「吳國現在出現了新的矛盾，肯定不會再出兵了。我們東面的軍隊已經足夠多了，可以以後再打算。」鍾毓卻認爲「處理事情猜測敵人，一定要根據自己的情況去估計情況。現在諸葛誕把淮南的地方都給了吳國，孫壹手下的，祇有三百兵力和上千口人。吳國等于沒有任何損失。要是壽春的圍困還不能解除，吳國的內亂被平息了，他們沒準會出兵的。」大將軍說：「實在太好了。」于是按照鍾毓說的辦。淮南被平定後，鍾毓擔任青州刺史，加封爲後將軍，提升爲都督徐州諸軍事，持皇帝節

《魏書》稱芬有大名于天下。

《魏略》曰：「揚州刺史劉繇死，其衆原奉歆爲主。歆以爲非人臣之宜，不從。」

符，又轉任荆州都督。景元四年（公元二六三年）去世，追贈他做車騎將軍，謚號爲惠侯。兒子鍾駿繼承爵位。鍾毓的弟弟鍾會，自己有傳。

原文

華歆字子魚，平原高唐人也。高唐爲齊名都，衣冠無不游行市里。歆爲吏，休沐出府①，則歸家闔門②。議論持平，終不毀傷人。同郡陶丘洪亦知名，自以明見過歆③。時王芬與豪傑謀廢靈帝，語在武紀。芬陰呼歆、洪共定計，洪欲行，歆止之曰：「夫廢立大事，伊、霍之所難。芬性疏而不武④，此必無成，而禍將及族。子其無往！」洪從歆言而止。後芬果敗，洪乃服⑤。舉孝廉，除郎中，病，去官。靈帝崩，何進輔政，征河南鄭泰、潁川荀攸及歆等。歆到，爲尚書郎。董卓遷天子長安，歆求出爲下邽令，病不行，遂從藍田至南陽。時袁術在穰，留歆。歆説術使進軍討卓，術不能用。歆欲棄去，會天子使太傅馬日磾安集關東，日磾辟歆爲掾。東至徐州，詔即拜歆豫章太守，以爲政清静不煩，吏民感而愛之。

碧眼兒坐領江東

孫策略地江東，歆知策善用兵，乃幅巾奉迎。策以其長者，待以上賓之禮。後策死。太祖在官渡，表天子征歆。孫權欲不遣，歆謂權曰：「將軍奉王命，始交好曹公，分義未固，使僕得爲將軍效心，豈不有益乎？今空留僕，是爲養無用之物，非將軍之良計也。」權悦，乃遣歆。賓客舊人送之者千餘人，贈遺數百金。歆皆無所拒，密各題識，至臨去，悉聚諸物，謂諸賓客曰：「本無拒諸君之心，而所受遂多。念單車遠行，將以懷璧爲罪，願賓客爲之計。」衆乃各留所贈，而服其德。

注釋

①休沐：休息沐浴，是古代官吏的例假。

《魏書》曰：「又賜奴婢五十人。」

②闔門：關上大門。③明見：才智見識。④疏：放縱，不拘小節。武：勇武。⑤服：信服。

譯文

華歆字子魚，是平原高唐人。高唐是齊國的名都，士大夫沒有不到市裏交游的。華歆那時候是官吏，正趕上休假走出官府，回到家裏就把門關起來。他議論人都很公平，始終都不中傷別人。同郡的陶丘洪也很有名聲，他自以爲自己的見識比華歆高明。這時候，王芬和地方的豪強勢力打算聯合起來廢除靈帝。這些在《武帝紀》中有記載。王芬暗地裏召喚華歆、陶丘洪一起去商量大計，陶丘洪想去，華歆阻止他說：「廢立是國家的大事，伊尹、霍光對這都感到爲難。王芬這個人的本性就放縱，但是他不勇武，這樣做肯定不會成功的，而且會給三族帶來禍患。你千萬不要去啊！」陶丘洪聽從了華歆的話沒有去。後來王芬果然事情敗露，陶丘洪于是才服了華歆。華歆被舉薦爲孝廉，授予他郎中的官職，後來因爲生病就辭官回家了。靈帝去世後，何進輔佐朝政，徵召河南的鄭泰、潁川的荀攸和華歆等。華歆到任，擔任尚書郎。董卓把天子遷移到長安，華歆要求出任爲下邽令，由于得了疾病不能到任，于是就從藍田到了南陽。這時候，袁術在穰縣，扣留了華歆。華歆勸說袁術，讓他進軍討伐董卓，袁術不聽他的。華歆想逃跑離開他，正趕上天子派太傅馬日磾到關東聚會，日磾任命華歆

爲掾。向東行到了徐州，下詔任命華歆爲豫章太守，由于他處理政事很清廉並且不害怕麻煩，那裏的官吏和百姓都很愛戴他。孫策占領了江東地區，華歆知道孫策擅長用兵打仗，于是頭上纏上了幅巾前去迎接他。孫策認爲他是長輩，所以用上賓的禮節接待了他。後來孫策死了。太祖駐守在官渡，上表給天子請求徵召華歆。孫權卻不想放他走，華歆對孫權說：「將軍要尊奉王命，應該和曹公建立好的交情，現在情誼還不牢固，讓我給您效力，難道不好嗎？如果您現在留下我，就好比是養着一個沒有用處的東西，這不是將軍的好計策。」孫權聽了很高興，于是讓華歆走了。賓客舊人爲他送行的達上千人，送給他盤纏好幾百金。華歆都收下了，在上面暗中做了記號，等到要走的時候，把所收到的禮金都放在一起，對賓客說：「我不是有意拒絕你們的心意的，所以我接受的就很多。想着我要駕着單車走那麼遠的路，就會因懷着美玉導致禍患，希望賓客們爲我考慮。」于是賓客把送給他的東西都收回了，暗地裏很佩服他的人格。

原文

歆至，拜議郎①，參司空軍事，入爲尚書，轉侍中，代荀彧爲尚書令。太祖征孫權，表歆爲軍師。魏國既建，爲御史大夫。文帝即王位，

臣松之按晉陽秋說魏舒少時寄宿事，亦如之。

拜相國，封安樂鄉侯。及踐阼②，改爲司徒。歆素清貧，祿賜以振施親戚故人，家無擔石之儲。公卿嘗並賜沒入生口，唯歆出而嫁之。帝嘆息，下詔曰：「司徒，國之俊老，所與和陰陽理庶事也③。今大官重膳，而司徒蔬食，甚無謂也。」特賜御衣，及爲其妻子男女皆作衣服。三府議：「舉孝廉，本以德行，不復限以試經。」歆以爲「喪亂以來，六籍墮廢，當務存立，以崇王道④。夫制法者，所以經盛衰⑤。今聽孝廉不以經試，恐學業遂從此而廢。若有秀異，可特徵用。患于無其人，何患不得哉？」帝從其言。

注釋 ①議郎：官名，西漢設置的，掌管顧問應對，屬光祿勛。②踐阼：登上皇位。③陰陽：這裏指表裏。庶事：衆多的事物。④崇：尊崇，推崇。⑤經：治理。盛衰：此處是指衰勢。

譯文 等到華歆來了，皇帝授予他議郎的官職，參預司空軍事，後來入朝擔任尚書，轉任侍中，代荀彧擔任尚書令。太祖征討孫權，上表請求讓華歆擔任他的軍師。魏國建立後，華歆擔任御史大夫。

文帝登上王位後，拜他做相國，封安樂鄉侯。等到登上皇位後，改任爲司徒。華歆一直都很清貧，他的俸祿都分給了他的族人和老朋友了，家裏連一擔米的儲蓄都沒有。公卿都曾經接受賞賜來的沒入官府的僕人，衹有華歆把他們嫁了出去。文帝贊嘆很久，他下詔說：「司徒，是國家的良材，是輔佐國家協調內外，治理各種事物的人。現在大臣們都有豐盛的膳食，衹有司徒吃粗茶淡飯，真是不合理啊。」于是特意賞賜給他御衣，還爲他的妻子兒女都製作了衣服。三公官府討論決定：「推舉孝廉，本來衹根據道德行爲的標準，不再用考經典來限制了。」華歆認爲「自從戰亂以來，六經都已經散落了，現在最急着要幹的是恢復、保存它們，用來推崇王道。至于制定法令，是用來治理衰世。現在我聽說舉薦孝廉不需要靠經試，學業恐怕從此就荒廢了吧。要是有十分優秀的，也可以特別徵召他們。最害怕的是沒有這種人，有什麼好擔心得不到這種人才呢？」文帝聽從了他的話。

原文 黄初中，詔公卿舉獨行君子①，歆舉管寧，帝以安車徵之②。明帝即位，進封博平侯，增邑五百戶，並前千三百戶，轉拜太尉。歆稱病乞退，讓位于寧。帝不許。臨當大會，乃遣散騎常侍繆襲奉詔喻指③：

「朕新莅庶事，一日萬幾，懼聽斷之不明。賴有德之臣，左右朕躬[4]，而君屢以疾辭位。夫量主擇君，不居其朝，委榮棄祿，不究其位，古人固有之矣，顧以爲周公、伊尹則不然[5]。絜身徇節，常人爲之，不望之于君。君其力疾就會，以惠予一人。將立席几筵，命百官總己，以須君到，朕然後御坐。」又詔襲：「須歆必起，乃還。」歆不得已，乃起。

注釋 ①獨行：指志節高尚，不隨俗沉浮。②徵：徵召。③喻：説明旨意。④左右：幫助，輔佐。⑤不然：不這樣。

譯文 黄初年間，皇帝下詔給公卿們讓他們舉薦志節行爲高尚的人，華歆舉薦管寧，皇帝用安車徵召他。明帝即位後，進封華歆爲博平侯，爲他增加食邑五百戶加上以前的一共是一千三百戶，後來轉任爲太尉。華歆稱病請求退休，把職位讓給管寧。明帝不同意。到了召開羣臣朝見的大會時，明帝就派散騎常侍繆襲奉詔書，説明皇上的旨意：「朕最近親自來處理政務，每天都很繁忙，我很害怕處理不當。幸虧有才德很高的大臣，在我的身邊輔佐我，但是您卻屢次稱有疾病要求辭官。您多想想君

主，不去朝廷供職，不要榮譽和俸祿，不求職位，古代就有很多這樣的人，但是我認爲周公、伊尹就不這樣。保持自身好的品德，堅持好的操守，這是普通人做的，我不希望您這樣做。您應該繼續帶着病堅持上朝參加朝政，來幫助我。朕將站在筵桌旁，命令百官回到自己的職位上，等到您來之後，朕才就座。」還命令繆襲説：「一定等到華歆起身來你才能回來。」華歆不得已，于是起身前去了。

原文 太和中，遣曹真從子午道伐蜀[1]，車駕東幸許昌。歆上疏曰：

「兵亂以來，過逾二紀[2]。大魏承天受命，陛下以聖德當成康之隆[3]，宜弘一代之治[4]，紹三王之跡。雖有二賊負險延命[5]，苟聖化日躋，遠人懷德，將襁負而至。夫兵不得已而用之，故戢而時動。臣誠願陛下先留心于治道，以征伐爲後事。且千里運糧，非用兵之利；越險深入，無獨克之功。如聞今年徵役，頗失農桑之業。爲國者以民爲基，民以衣食爲本。使中國無飢寒之患，百姓無離土之心，則天下幸甚，二賊之釁，可坐而待也。臣備位宰相，老病日篤，犬馬之命將盡，恐不復奉望鑾蓋，不敢不竭臣子之

《魏書》云：「歆時年七十五。」

漢兵劫寨破曹真

建興六年（公元二二八年），蜀相諸葛亮出兵祁山，南安、天水、安定三郡反叛呼應諸葛亮。魏明帝曹叡派曹真督諸軍到郿城，于斜谷擊敗蜀將趙雲、鄧芝。曹真料到諸葛亮會從陳倉進攻，派軍守衛，修築城池。如他所料，此戰諸葛孔明大敗。

懷，唯陛下裁察！」帝報曰：「君深慮國計，朕甚嘉之。賊憑恃山川，二祖勞于前世，猶不克平，朕豈敢自多，謂必滅之哉！諸將以爲不一探取，無由自弊，是以觀兵以窺其釁。若天時未至，周武還師，乃前事之鑒，朕敬不忘所戒。」時秋大雨，詔真引軍還。太和五年，歆薨，謚曰敬侯。子表嗣。初，文帝分歆戶邑，封歆弟緝列侯。表，咸熙中爲尚書。

注釋 ①子午道：古代的隘道名。漢平帝元始五年開辟的從關中到漢中的通道。②紀：世。③成康之隆：指周成王和康王時代的興隆。儒家宣揚「成康之道」。④宜：應當。弘：弘揚。⑤延命：苟延殘喘。

譯文 太和年間，明帝派曹眞從子午道去討伐蜀國，明帝向東到了許昌。華歆上疏說：「自從動亂以來，已經超過兩代了。大魏承受天命，陛下您憑着聖德處于周成王、康王的興隆的時候，應該發揚這一代的政績，繼承三王的路綫。現在雖然還有這兩個逆賊還在奮力反抗，如果您的聖明教化一天天好起來，那麼就能使遠方的人懷念您的恩德，會背着小孩來歸順您。兵是不得已才用的，聚集起來的原因是必要的時候才用的。臣眞心希望陛下先治理國家，把征伐的事放一放。並且路經千里運送糧食，這對用兵也是不利的；而且要經過很多艱險的地方，不會建立獨勝的戰功的。要是百姓聽到今年要徵兵的消息，就不會專心幹農桑了。治國的都是把民看作基礎的，百姓以衣食爲根本。要是能讓中國沒有飢寒的憂患，百姓沒有離開故土的心，那麼天下的人就很幸運了，這兩個逆賊雖然在挑釁，咱們可以坐在家裏等待着他們。臣現在空占着宰相的職位，而且年老病重，我爲您效力的時候也盡了，恐怕不能再侍奉您了，不敢不盡我的能力，希望陛下能夠愼重考慮！」明帝回答他說：「您憂慮國家的大計，朕非常高興。但是逆賊憑借着山川，二祖在前世已經操勞了，還沒有把他們平定了，朕哪裏敢自誇，認爲一定可以消滅他們！將領們認爲不去試一下的話，他們就不可能自行衰退，所以檢閱軍隊是窺探他們。要是時機還不到的話，那麼從前周武王撤軍的事，就是我們的前鑒，朕是不敢忘記警戒自己的。」這時正趕上秋季的大雨，于是下詔給曹真帶領軍隊回來了。太和五年，華歆去世，謚號爲敬侯。他的兒子華表繼承了爵位。起初，文帝從華歆的戶邑中分出一部分，封給了華歆的弟弟華緝，封他做列侯。華表在咸熙年間擔任尚書。

原文

王朗字景興，東海郯人也。以通經，拜郎中，除菑丘長。師太尉楊賜，賜薨，棄官行服①。舉孝廉，辟公府，不應。徐州刺史陶謙察朗茂才。時漢帝在長安，關東兵起，朗爲謙治中，與別駕趙昱等說謙曰：「《春秋》之義，求諸侯莫如勤王②。今天子越在西京，宜遣使奉承王命③。」謙乃遣昱奉章至長安。天子嘉其意，拜謙安東將軍。以昱爲廣陵太守，朗會稽太守。孫策渡江略地。朗功曹虞翻以爲力不能拒，不如避之。朗自以身爲漢吏，宜保城邑，遂舉兵與策戰，敗績④，浮海至東冶。策又追擊，大破之。朗乃詣策。策以朗儒雅，詰讓而不害⑤。雖流移窮困，朝不謀夕，而收恤親舊，分多割少，行義甚著。

朗《家傳》曰：「居郡四年，惠愛在民。」

注釋

①行服：服喪，守孝。②勤王：爲帝王的事情效力。③奉承：接受，承接。④敗績：打了敗仗。⑤詰讓：責備。

譯文

王朗字景興，是東海郯人。他很通曉經學，皇上授予他郎中的官職，任命他做菑丘長。他拜太尉楊賜爲老師，楊賜死後，他辭掉官職爲老師穿孝守喪。後來他被舉薦爲孝廉，徵召進了公府，他堅決不應徵。徐州刺史陶謙察舉王朗爲茂才。這時後漢帝正在長安，關東發生了戰事，王朗被任命爲陶謙治中，他和別駕趙昱等勸說陶謙說：「按照《春秋》的義理，要想當諸侯都不如爲皇上效力。現在天子遠在西京，應該立即派使者前去接受帝王的命令。」陶謙于是派趙昱拿着奏章到了長安。天子誇獎了他的心意，授予陶謙安東將軍的官職。任命趙昱擔任廣陵太守，王朗擔任會稽太守。孫策這時候渡過長江侵略土地。王朗的功曹虞翻認爲依靠他們的力量不能和孫策抗衡，還不如避開他，不和孫策交戰。王朗認爲自己是漢朝的官吏，就應該盡自己的力量保全城邑，于是帶領軍隊和孫策交戰，但是打了敗仗，通過海路到達了東冶。孫策又繼續追擊他，把王朗徹底打敗了。王朗于是拜見孫策。孫策認爲王朗人長得很儒雅，責備他但是不傷害他。王朗雖然流離在外，非常窮困，吃了上頓沒下頓，可是他卻盡自己的能力收容、撫恤他的親友，分多割少，他的操行和道義特別顯著。

原文

太祖表徵之，朗自曲阿展轉江海，積年乃至。拜諫議大夫，參司空軍事。魏國初建，以軍祭酒領魏郡太守，遷少府、奉常、大理。務在寬恕，罪疑從輕。鍾繇明察當法，俱以治獄見稱。

文帝即王位，遷御史大夫，封安陵亭侯。上疏勸育民省刑曰：「兵起已來三十餘年，四海蕩覆，萬國殄瘁①。賴先王芟除寇賊②，扶育孤弱，遂令華夏復有綱紀③。鳩集兆民④，于茲魏土，使封鄙之內⑤，鷄鳴狗吠，達于四境，蒸庶欣欣，喜遇升平。今遠方之寇未賓，兵戎之役未息，誠令復除足以懷遠人，良宰足以宣德澤，阡陌咸修，四民殷熾，必復過于曩時而富于平日矣。《易》稱敕法，《書》著祥刑，一人有慶，兆民賴之，慎法獄之謂也。昔曹相國以獄市爲寄，路溫舒疾治獄之吏。夫治獄者得其情，

則無冤死之囚；丁壯者得盡地力，則無飢饉之民；窮老者得仰食倉廩，則無餧餓之殍；嫁娶以時，則男女無怨曠之恨；胎養必全，則孕者無自傷之哀；新生必復，則孩者無不育之累；壯而後役，則幼者無離家之思；二毛不戎，則老者無頓伏之患。醫藥以療其疾，寬繇以樂其業，威罰以抑其強，恩仁以濟其弱，賑貸以贍其乏。十年之後，既笄者必盈巷。二十年之後，勝兵者必滿野矣。」

注釋

①殄瘁：痛苦。②芟除：芟除雜草，引申爲除掉。③綱紀：國家法律紀律。④鳩集：聚集。兆民：萬民。⑤封鄙：疆域。鄙，邊遠地區。

譯文

太祖上表徵召王朗，王朗從曲阿輾轉很多江河湖泊，用了一年的時間才到達了。他受封諫議大夫，參與司空軍事。魏國剛剛建國，王朗以軍祭酒的身份兼任魏郡太守，後來被提升爲少府、奉常、大理。他辦案講究寬恕罪行，難以決斷時就從輕處理。鍾繇明察當時的法令，他們兩個都是靠治理訴訟案件被稱頌的。

文帝即王位，提升王朗擔任御史大夫，封他做安陵亭侯。王朗上疏勸諫文帝要養育百姓，減輕刑罰。他說：「自從發生戰事已經三十多年了，全國各地動蕩不安，各個諸侯國都遭受苦難。依靠先王清除賊寇，扶育孤寡老弱，使國家有了法度。把百姓聚集到魏國的土地上，讓我們的疆域之內，鷄鳴狗叫的聲音傳到四方去，百姓生活快快樂樂，都很高興趕上了好年代。現在遠方的賊寇還沒有被平定，戰爭還沒有停止，應該下令免除賦税和徭役，這樣的話就能讓遠方的人信服，想歸順我們，有才德的官員能夠宣揚您的恩德，把農田都修治好，使百姓生活富裕，士農工商富裕興旺。《易經》上提倡整頓法令，《尚書》提倡用適當的刑罰，天子一個人做了好事，那麼全民就會得到幸福，這是說要謹慎恰當地實行法律。從前曹相國把斷案交給了後來的繼承人，路溫舒痛恨管理刑獄的官吏。執法的人能夠知道真實的情況，那麼就不會有冤死在獄中的人了；那些年輕身壯的人，要是能使出自己的力氣，那麼就不會有挨餓的人了；要是那些老人能夠得到糧倉供應的糧食，那麼就不會有餓死的人了；嫁娶能夠及時的話，那麼就不會有男子娶不到媳婦和女子找不到婆家的怨恨了；要是胎兒得到健全的保養，那麼孕婦就不會有自己傷痛的悲哀了；新生的孩子能夠得到好的養育，那麼就沒有養育不好孩子的憂患了；先讓他們長大成人了之後再讓他們服役，那麼就不會有少年時就離開家的思念了；頭髮白了的老人不服兵役，那麼老人就沒有困頓摔倒的憂慮了。要是得病能夠及時就醫，放寬徭役讓百姓能夠安居樂業，用嚴厲的刑罰來懲罰強暴，對弱小的施加恩惠，當他們困乏的時候救濟他們。這樣做十年之後，成年的婦女一定滿大街都有。二十年之後，能夠服兵役的人一定充滿原野的。」

原文

及文帝踐阼，改爲司空，進封樂平鄉侯。時帝頗出游獵，或昏夜還宮。朗上疏曰：「夫帝王之居，外則飾周衛①，內則重禁門②，將行則設兵而後出幄③，稱警而後踐墀④，張弧而後登輿⑤，清道而後奉引，遮列而後轉轂，靜室而後息駕，皆所以顯至尊，務戒慎，垂法教也。近日車駕出臨捕虎，日昃而行，及昏而反，違警蹕之常法，非萬乘之至慎也。」帝報曰：「覽表，雖魏絳稱虞箴以諷晉悼，相如陳猛獸以戒漢武，未足以喻。方今二寇未殄，將帥遠征，故時入原野以習戎備。至于夜還之戒，已詔有司施行。」

王朗

王朗，字景興，三國曹魏經學家王肅之父，曾任御史大夫一職。魏文帝稱其「高才博雅，嚴整慷慨，恭儉節約」。

注釋

①周衛：警衛嚴密。②禁門：宮門。③幄：帷帳。④墀：宮殿的臺階。⑤弧：張開。

譯文

等到魏文帝登上了皇位，王朗改任爲司空，進封樂平鄉侯。當時文帝經常外出游獵，有時候到天黑了才回到宮裏。王朗上疏說：「帝王的宮室，在外面都布置了周密的警衛，在裏面設置了很多道門禁，打算外出的時候應該先派衛兵然後才從帷帳中出來，布置好了警衛然後才從殿階上走下來，等到侍衛拉開弓才能上車，把道路清理之後才能引導着馬車往前走，掩蔽好皇上的車駕之後才能夠發車，居室清理乾凈之後皇上才能夠休息，這一切都是爲了顯示皇上的至高無上。盡量謹慎地去戒備。給後人留下可以效法的典範。現在皇上出去捕捉老虎，太陽過了中午才出發，等到天黑了才回來。違背了帝王出行的

規定，不符合皇上應該高度謹慎的規定。」文帝回答說：「看到了你上的表之後，即使是魏絳稱引虞箴來諷諫晉悼帝，司馬相如陳述猛獸來勸諫漢武帝，也趕不上你這樣讓人明白。現在這兩個逆賊還沒有被除掉，將帥們還在遠方征戰，所以有時候會到原野上練習戰備。至于夜裏回來時的警戒，已經按你說的去辦了。」

原文

初，建安末，孫權始遣使稱藩①，而與劉備交兵②。詔議「當師與吳並取蜀不？」朗議曰：「天子之軍，重于華、岱，誠宜坐曜天威③，不動若山。假使權親與蜀賊相持，搏戰曠日，智均力敵，兵不速決，當須軍興以成其勢者，然後宜選持重之將④，承寇賊之要⑤，相時而後動，擇地而後行，一舉更無餘事。今權之師未動，則助吳之軍無爲先征。且雨水方盛，非行軍動衆之時。」帝納其計。黃初中，鵜鶘集靈芝池，詔公卿舉獨行君子。朗薦光祿大夫楊彪，且稱疾，讓位于彪。帝乃爲彪置吏卒，位次三公。詔曰：「朕求賢于君而未得，君乃翻然稱疾，非徒不得賢，更開

失賢之路，增玉鉉之傾。無乃居其室出其言不善，見違于君子乎！君其勿有後辭。」朗乃起。

注釋 ①藩：藩國。②交兵：交戰，作戰。③曜：顯示。④持重：沉穩，穩重。⑤要：要害。

譯文 當初，建安末年，孫權開始派人到魏國稱自己是屬國，並且和劉備作戰。皇上下詔議論「應不應該出兵和吳國一起攻打蜀國？」王朗商議道：「天子的軍隊，應該比華山、泰山還要穩重，應該像大山一樣不動。要是孫權親自和蜀國交戰，並且長時間交戰，他們的智力和實力相當，而且戰爭不能迅速解決，等到我們動用大軍來安定大局的時候，才可以選用穩重的將領，打中寇賊要害的地方，還要等待時機，選擇好的地形之後，衹要一動兵就能控制了大局。現在孫權還沒有出動軍隊，那麼援助吳國的軍隊也就沒有必要先打了。現在的雨多並且非常大，也不是行軍動衆的好時機。」文帝采納了王朗的計謀。黃初年，鵜鶘在靈芝池聚集，文帝下詔要求公卿們舉薦志節行爲高尚的人。王朗舉薦光祿大夫楊彪，並且借口說自己有病，想把職位讓給楊彪。文帝于是給楊彪安排了官吏士卒，地位僅次于三公。下詔說：「朕向您尋求有才德的人沒有求到，您卻說有病，我不但沒有得到有賢德的人，現在卻反而失去了賢才，增加了玉鉉傾倒的憂慮啊。是不是我在宮裏說您壞話了，違背了您的心意了！您還是不要辭官了。」王朗于是繼續任職。

原文 孫權欲遣子登入侍，不至。是時車駕徙許昌，大興屯田，欲舉軍東征。朗上疏曰：「昔南越守善，嬰齊入侍，遂爲冢嗣，還君其國。康居驕黠，情不副辭，都護奏議以爲宜遣侍子①，以黜無禮。且吳濞之禍，萌于子入②，隗囂之叛，亦不顧子③。往者聞權有遣子之言而未至，今六軍戒嚴④，臣恐輿人未暢聖旨⑤，當謂國家慍于登之逋留，是以爲之興師。設師行而登乃至，則爲所動者至大，所致者至細，猶未足以爲慶。設其傲狠，殊無入志，懼彼輿論之未暢者，並懷伊邑。臣愚以爲宜敕別征諸將，各明奉禁令，以慎守所部。外曜烈威，內廣耕稼，使泊然若山，澹然若淵，勢不可動，計不可測。」是時，帝以成軍遂行，權子不至，車駕臨江而還。

注釋

①侍子：古代諸侯或者屬國的國君派遣入宮侍奉皇帝的兒子。②萌：萌發，開始。③顧：顧念。④戒嚴：戒備森嚴。⑤暢：明白，知道。

譯文

孫權想派他的兒子孫登入宮侍奉文帝，沒有到達。這時候文帝已經起身回到了許昌，他大力鼓勵墾田，並且打算帶領軍隊東征。王朗上疏說：「從前的南越王堅持做善事，嬰齊前來做侍子，他被立爲太子，等他回國就做了皇帝治理國家去了。康居王爲人很狡猾傲慢，說一套做一套，都護奏議應當讓他派遣侍子進朝，來懲罰他的無禮。更何況吳濞的禍患，是由于他兒子入侍引發的，隗囂的叛亂，也不顧及他的兒子。以前我聽說過孫權打算派他的兒子入侍的傳言，但是沒有到達，現在六軍戒備森嚴，臣恐怕衆人不明白您的心意，會說國家是由于惱怒孫登拖延時間，所以才對吳國出兵的。要是我們派兵了，孫登這時候到了，那麼做出的行動極大，所收到的效果是很小的，這不值得慶幸。如果孫權非常傲慢，沒有派他兒子來入侍的想法，我擔心那些不明白您心意的人肯定很不暢快。臣認爲還是分別命令出征的將領，各自嚴明地奉行禁令，小心地約束自己的部下。對外顯示我們強大的武力，對內擴大耕種面積，使將士們坦然對待，就像深潭一樣平靜，威勢不可動搖，計謀不可被猜測出來。」但是這時候，文帝已經集合了軍隊了，孫權的兒子沒有到達，文帝到了長江邊又返回來了。

原文

明帝即位，進封蘭陵侯，增邑五百，并前千二百戶。使至鄴省文昭皇后陵，見百姓或有不足。是時方營修宮室，朗上疏曰：「陛下即位已來，恩詔屢布，百姓萬民莫不欣欣。臣頃奉使北行①，往反道路，聞衆徭役，其可得蠲除省減者甚多②。願陛下重留日昃之聽③，以計制寇。昔大禹將欲拯天下之大患④，故乃先卑其宮室，儉其衣食，用能盡有九州⑤，弼成五服。勾踐欲廣其禦兒之疆，馘夫差于姑蘇，故亦約其身以及家，儉其家以施國，用能囊括五湖，席卷三江，取威中國，定霸華夏。漢之文、景亦欲恢弘祖業，增崇洪緒，故能割意于百金之臺，昭儉于弋綈之服，內減太官而不受貢獻，外省徭賦而務農桑，用能號稱升平，幾致刑錯。孝武之所以能奮其軍勢，拓其外境，誠因祖考畜積素足，故能遂成大功。霍去病，中才之將，猶以匈奴未滅，不治第宅。明恤遠者略近，事外者簡內。

禦兒，吳居邊戍之地名。

自漢之初及其中興，皆于金華略寢之後，然後鳳闕猥閌，德陽並起。今當建始之前足用列朝會，崇華之後足用序內官，華林、天淵足用展游宴，若且先成閶闔之象魏，使足用列遠人之朝貢者，修城池，使足用絕逾越，成國險，其餘一切，且須豐年。一以勤耕農爲務，習戎備爲事，則國無怨曠，戶口滋息，民充兵強，而寇戎不賓，緝熙不足，未之有也。」轉爲司徒。

注釋 ①頃：近來。②蠲：除去，免除。③日昃：太陽到中午就要偏斜，比喻事物發展到一定的程度就會向相反的方向發展了。④大患：大的災難。⑤盡有：全部占有。

譯文 明帝即位，進封王朗爲蘭陵侯，增加食邑五百戶，合計以前的一共是一千二百戶。並派他到鄴城去查看文昭皇后的陵墓，他看見有的百姓還衣食不足。當時正在修宮室，王朗上疏說：「自從陛下即位已來，頒布了很多恩詔，百姓萬民都十分歡喜。我近來奉命到了北方，在我去和回來的道路上，一路打聽百姓服徭役的事情，我知道那些服徭役的人很多都可以減輕或者免除的。希望陛下能夠視日中就昃的說法，用計策勝敵人。從前大禹想把百姓從禍患中解救出來，先是住在低矮的房子裏，

節衣縮食，靠自己的智謀占有了九州，輔佐形成五服。勾踐想擴大他所統治的疆土，在姑蘇把夫差殺了，也能約束自己和家人，能使全國都節儉，因此他能夠占領五湖，擁有三江，在中原取得威望，稱霸華夏。漢朝的文帝、景帝都想恢復祖先的宏偉大業，擴大自己的業績，所以才不建造耗費百金的露臺，不讓宮人穿華麗的衣服，對內減少了宮內太官的人數，不接受貢獻，對外減輕徭役，鼓勵農桑，所以才能稱得上是升平，而且使刑罰幾乎不被用到。漢武帝的軍事優勢之所以那麼大，能夠開拓疆域，那是因爲祖先留下來的基業，所以才能成就大事業。霍去病，是中等才能的大將，還想到匈奴還沒有被消滅，不能建造宅第。這說明打算長遠的人一定不會首先考慮眼前的利益。在外面想建立功業的人一定要先做到內部儉省。從漢初到中興年間，都是戰爭消除了之後，才開始修建宮殿和宗廟的。可是現在正在修建始殿前足用來舉行朝會，修建崇華殿的後足用來安排內官，華林、天淵足夠用來開展游樂宴飲的了，現在先建成閶闔的象魏，使它能夠安置下遙遠地區前來朝貢的人，修城池，使它們能夠用來禁絕攀越就夠了，成爲皇宮的險要結構，其餘的一切，等到豐年的時候再辦吧。現在要以勤耕和備軍爲根本的事務，那麼國家就沒有什麼怨曠了，戶口也就增多了，民多兵強，要是這樣賊寇還不歸

順，百姓還不和樂，那是不可能的。」轉任他爲司徒。

原文 時屢失皇子，而後宮就館者少，朗上疏曰：「昔周文十五而有武王，遂享十子之祚，以廣諸姬之胤①。武王既老而生成王，成王是以鮮于兄弟②。此二王者，各樹聖德，無以相過，比其子孫之祚，則不相如③。蓋生育有早晚，所産有衆寡也。陛下既德祚兼彼二聖，春秋高于姬文育武之時矣④，而子發未舉于椒蘭之奥房⑤，藩王未繁于掖庭之衆室。以成王爲喻，雖未爲晚，取譬伯邑，則不爲夙。《周禮》六宮内官百二十人，而諸經常說，咸以十二爲限，至于秦漢之末，或以千百爲數矣。然雖彌猥，而就時于吉館者或甚鮮，明『百斯男』之本，誠在于一意，不但在于務廣也。老臣慺慺，願國家同祚于軒轅之五五，而未及周文之二五，用爲伊邑。且少小常苦被褥泰溫，泰溫則不能便柔膚弱體，是以難可防護，而易用感慨。若常令少小之緼袍，不至于甚厚，則必咸保金石之性，而比壽于南山矣。」帝報曰：「夫忠至者辭篤，愛重者言深。君既勞思慮，又手筆將順，三復德音，欣然無量。朕繼嗣未立，以爲君憂，欽納至言，思聞良規。」朗著《易》、《春秋》、《孝經》、《周官傳》，奏議論記，咸傳于世。太和二年薨，謚曰成侯。子肅嗣。初，文帝分朗戶邑，封一子列侯，朗乞封兄子詳。

武鄉侯罵死王朗

注釋 ①胤：後代。②鮮：少。③相如：相比較，相等。④春秋：年齡。⑤奧房：指后妃居住的地方。

譯文 當時出現了很多次皇子夭折的情況，可是後宮中和皇上共寢的人很少，王朗上疏說：「從前周文王十五就生了武王，于是有十個兒子的福氣，使姬姓的後代增加了。武王老了的時候才有成王，成王的兄弟就很少。這兩位帝王，都樹立了大德，沒有人能比得過他們，但是拿他們子孫的福氣相比，就不一樣了。因此生育有早晚，所生的孩子的個數也不一樣。陛下的仁德和他們一樣，年齡比文王生武王的時候要大，但是後宮中還沒有皇子出生，藩王在妃嬪的宮室中也生得不多。現在拿成王相比還不是很晚，但是拿周文王生伯邑相比，那就不早了。《周禮》中記載六宮中有內官一百二十人，而且經文中常說，都以十二爲限度，至于到了秦漢的末年，妃嬪就達到了成千上百了。雖然妃嬪的人數多，可是能夠侍寢的並不多，說明『多子』的根本，的確在于祇專心一人，不在于多。老臣誠心誠意希望您的福祚能像軒轅那樣有二十五個兒子，可現在還沒趕上周文王那樣有十個兒子，所以我會憂慮。並且小孩常常由于被褥太暖和，會讓身體長得很柔弱，因此難以保護，常常讓人感嘆。要是讓小孩的緼袍不至于太暖和，不至于太厚，那麼就能保住金石般的體質，壽命就會像南山一樣長。」文帝回復他說：「你的心意很忠誠，言語也很懇切，仁愛深重的人語言眞切。你很善于思考，而且又親自提筆上書順勢助成君王的美德，你三次上書，我非常高興。我的繼承人還沒有確立，你爲這事憂慮。我很願意接受你的勸告，願意聽到你勸告的話。」王朗著《易經》、《春秋》、《孝經》、《周官傳》，

奏議論記，在後世都有流傳。太和二年王朗去世，謚號爲成侯。他的兒子王肅繼承了爵位。當初，文帝把王朗的戶邑，分了一部分封給他的兒子爲列侯，王朗請求封他的兒子王詳。

原文

肅字子雍。年十八，從宋忠讀太玄，而更爲之解。黃初中，爲散騎黃門侍郎。太和三年，拜散騎常侍。四年，大司馬曹真征蜀，肅上疏曰：「前志有之，『千里饋糧，士有飢色，樵蘇後爨，師不宿飽[1]』，此謂平塗之行軍者也。又況于深入阻險，鑿路而前，則其爲勞必相百也。今又加之以霖雨[2]，山阪峻滑[3]，衆逼而不展，糧縣而難繼[4]，實行軍者之大忌也。聞曹真發已逾月而行裁半谷[5]，治道功夫，戰士悉作。是賊偏得以逸而待勞，乃兵家之所憚也。言之前代，則武王伐紂，出關而復還；論之近事，則武、文征權，臨江而不濟。豈非所謂順天知時，通于權變者哉！兆民知聖上以水雨艱劇之故，休而息之，後日有釁，乘而用之，則所謂『悅以犯難，民忘其死者矣。』」于是遂罷。又上疏：「宜遵舊禮，爲大臣發哀，

肅父朗與許靖書云：「肅生于會稽。」

孔明祁山破曹真

曹真部下王朗去世後，曹真依從副都督郭淮之計，乘虛去劫蜀寨。而諸葛孔明早已料到，反而將計就計，派軍隊中途埋伏，將曹真部隊打得落花流水。

薦果宗廟。」事皆施行。又上疏陳政本曰：「除無事之位，損不急之祿，止浮食之費，並從容之官；使官必有職，職任其事，事必受祿，祿代其耕，乃往古之常式，當今之所宜也。官寡而祿厚，則公家之費鮮，進仕之志勸。各展才力，莫相倚仗。敷奏以言，明試以功，能之與否，簡在帝心。是以唐、虞之設官分職，申命公卿，各以其事，然後惟龍爲納言，猶今尚書也，以出內帝命而已。夏、殷不可得而詳。

「甘誓曰『六事之人』，明六卿亦典事者也。周官則備矣，五日視朝，公卿大夫並進，而司士辨其位焉。其記曰：『坐而論道，謂之王公；作而行之，謂之士大夫。』及漢之初，依擬前代，公卿皆親以事升朝。故高祖躬追反走之周昌，武帝遙可奉奏之汲黯，宣帝使公卿五日一朝，成帝始置尚書五人。自是陵遲，朝禮遂闕。可復五日視朝之儀，使公卿尚書各以事進。廢禮復興，光宣聖緒，誠所謂名美而實厚者也。」

注釋　①宿飽：隔夜飽。②霖雨：連綿的大雨。③峻：陡峭。④縣：遥遠。⑤裁：才。

譯文　王肅字子雍。他十八歲的時候，跟隨宋忠讀太玄，並且能重新自己做解釋。黄初年間，擔任散騎黄門侍郎。太和三年，授予他散騎常侍。太和四年，大司馬曹眞征伐蜀國，王肅上疏說：「以前的書上有記載，『從千里之外運送糧食，士兵臉上就會露出飢餓的神色，等到砍完柴，打完草之後再去煮飯，士兵們晚上就會挨餓』，這就是在平坦的路上行軍的情況啊。更何況是深入到道路艱險的地方呢，鑿開道路往前走，那麼他們肯定會勞累一百倍。現在又下着大雨，山坡那麼高而且路又滑，部隊擁擠不能前進，糧食又難以到達，這眞是用兵的大忌諱。我聽說曹眞出發已經一個月了，但是衹走到子午谷的半道上，開路的事情，戰士都能幹。但是敵人卻在遠處以逸待勞，這是兵家最害怕的情況。說到前代，就有武王伐紂，出了關又回來的情況；說到近代的，有武帝、文帝征討孫權的情況，都已經到達了江邊但是不渡江。難道是沒有天時的幫助嗎？那是因爲他們知道孫權善于變化的緣故！百姓知道是因爲下雨行軍艱難才讓他們休息的，以後有機會，能夠趁機利用，就會出現百姓高興地利用，克服困難，民衆忘記死亡的情況了。」于是停止了軍事行動。又上疏說：「應該遵循過去的禮節，對大臣表示哀思，在宗廟擺上果品祭祀他們。」這些事情明帝都實行了。後來他又上疏陳述政事的根本問題說：「廢除那些沒用的職位，減少不急需的俸祿，停發靠別人生活的費用，裁減那些辦事拖沓的官員；讓每個官員都有事情幹，任職就要幹實事，幹了實事就接受俸祿，俸祿能夠代替耕種，自古以來就是這樣的，現在也應該這樣。官位少了俸祿就多了，那麼國家花費的就少了，這樣能夠鼓勵士人做官。展示他們的才能，而且不相互倚仗。讓官員們陳述政績，然後按他們陳述的再進行考核，這些人誰能使用，您的心裏就有數了。因此唐、虞之都設官分職，再次命令公卿，讓他們各自幹好自己的事情，然後讓龍擔任喉舌的官，就好比現在的尚書，讓他們上傳下達皇帝的命令。夏、殷的情況就不那麼詳細了。

「《甘誓》上說『六事之人』，說明六卿也是管事的人。周官已經很詳備了，每五日就上朝，公卿大夫都一起來，司士就能看出朝臣的位置了。《考工記》上說：『坐着談論政事的人，都是王公；具體去辦事的人是士大夫。』等到漢朝的初年，按照前代的舊例，公卿都親自進朝辦事。所以高祖親自追回頭就跑的周昌，武帝在遠征的時候還能批復汲黯的奏章，宣帝命令公卿每五日上朝一次，成帝開始設置尚書五人。從此以後制度開始衰敗了，朝禮也就不全了。可以恢復五日一上朝的禮儀，讓公卿尚書上報要辦的事情。廢除的禮儀要復興，光宣聖緒，這實在是名聲好而且實效多的事情啊！」

原文　青龍中，山陽公薨①，漢主也。肅上疏曰：「昔唐禪虞，虞禪夏，皆終三年之喪，然後踐天子之尊。是以帝號無虧，君禮猶存。今山陽公承順天命，允答民望，進禪大魏，退處賓位。公之奉魏，不敢不盡節。魏之待公，優崇而不臣。既至其薨，櫬斂之制②，輿徒之飾③，皆同之于王者，是故遠近歸仁，以爲盛美。且漢總帝皇之號，號曰皇帝。有別稱帝，無別稱皇④，則皇是其差輕者也⑤。故當高祖之時，土無二王，其父見在而使稱皇，明非二王之嫌也。況今以贈終，可使稱皇以配其謚。」明帝不從，使稱皇，乃追謚曰漢孝獻皇帝。

【注釋】①山陽公：漢獻帝劉協。曹丕取代漢朝稱帝後，漢獻帝被廢，做了山陽公。②櫬斂：給屍體穿上衣服放進棺材裏。斂，通「殮」。③輿徒：運送靈柩的車子和護送靈柩的僕役。④别：分出，分開。⑤差：等第，等級。

漢獻帝

漢獻帝是歷史上有名的悲情皇帝。他在董卓的淫威下坐上帝位，後被曹操「挾天子以令諸侯」。公元二二〇年，曹丕逼迫漢獻帝退位，建立魏朝。

【譯文】青龍年間，山陽公去世了，山陽公就是漢朝的皇帝。王肅上疏說：「以前的唐堯把君位禪讓給虞，虞又禪讓給夏啓，都是守完了三年的喪，然後才登上了天子的位置。因此帝號沒有改變，原先的君主的禮儀制度還是存在的。現在山陽公承接上天的命令，順應百姓的願望把王位禪讓給大魏，自己退處在賓客的位置上。您現在侍奉魏國，不能不盡禮節。魏國國君對待您，也還是很尊崇您不稱臣。他逝世以後葬斂的禮節，靈車的裝飾，都按照帝王的標準，因此遠近的人都很歸順仁德，他們都認爲這是很美好的事情。並且漢朝擁有帝號和皇號，叫作皇帝。這和稱呼帝和單獨稱呼皇是有區别的，因爲皇的帝級比帝輕一些。因此漢高祖的時候，國土上就沒有兩個帝王，要是父親還在的話，就祇稱皇，主要是爲了避開兩個帝王的誤會。況且現在是壽終正寢了，就可以稱爲皇來和他的謚號相配。」明帝還是沒有采納，不想讓他稱皇，于是追贈他謚號爲漢孝獻皇帝。

【原文】後肅以常侍領秘書監①，兼崇文觀祭酒②。景初間，宮室盛興，民失農業，期信不敦③，刑殺倉卒。肅上疏曰：「大魏承百王之極，生民無幾，干戈未戢④，誠宜息民而惠之以安靜遐邇之時也⑤。夫務畜積而息疲民，在于省徭役而勤稼穡⑥。今宮室未就，功業未訖，運漕調發⑦，轉相供奉。是以丁夫疲于力作，農者離其南畝⑧，種穀者寡，食穀者衆，舊穀既沒，新穀莫繼。斯則有國之大患，而非備豫之長策也。今見作者三四萬人，九龍可以安聖體，其內足以列六宮，顯陽之殿，又向將畢，惟泰極已前，功夫尚大，方向盛寒，疾疢或作。誠願陛下發德音，下明詔，深愍役夫之疲勞，厚矜兆民之不贍，取常食廩之士，非急要者之用，選其丁壯，擇留萬人，使一期而更之，咸知息代有日，則莫不悅以即事，勞而不怨矣。計一歲有三百六十萬夫，亦不爲少。當一歲成者，聽且三年。分遣其餘，使皆即農，無窮之計也。倉有溢粟，民有餘力：以此興功，何功不立？以此行化，何化不成？夫信之于民，國家大寶也。仲尼曰：『自古皆有死，民非信不立。』夫區區之晉國，微微之重耳，欲用其民，先示以信，是故原雖將降，顧信而歸，用能一戰而霸，于今見稱。前車駕當幸洛陽，發民爲營，有司命以營成而罷。既成，又利其功力，不以時遣。有司徒營其目前之利，不顧經國之體。臣愚以爲自今以後，倘復使民，宜明其令，使必如期。若有事以次，寧復更發，無或失信。凡陛下臨時之所行刑，皆有罪之吏，宜死之人也。然衆庶不知，謂爲倉卒。故願陛下下之于吏而暴其罪。鈞其死也，無使汚于宮掖而爲遠近所疑。且人命至重，難生易殺，氣絕而不續者也，是以聖賢重之。孟軻稱殺一無辜以取天下，仁者不爲也。漢時有犯蹕驚乘輿馬者，廷尉張釋之奏使罰金，文帝怪其輕，而釋之曰：『方其時，上使誅之則已。今下廷尉。廷尉，天下之平也，一傾之，天下用法皆爲輕重，民安所措其手足？』臣以爲大失其義，非忠臣所宜陳也。廷尉者，天子之吏也，猶不可以失平，而天子之身，反可以惑謬乎？斯重于爲己，而輕于爲君，不忠之甚也。周公曰：『天子無戲言；言則史書之，工誦之，士稱之。』言猶不戲，而況行之乎？故釋之之言不可不察，周公之戒不可不法也。」又陳「諸鳥獸無用之物，而有芻穀人徒之費，皆可蠲除。」

注釋
①秘書監：官名，東漢漢桓帝時候設立，典司徒籍。②崇文觀：官署名，用來安

置文學學士。③期信：信用。敦：厚。④戢：原來是指武器的一種，這裏指停止。⑤遐邇：遠近。⑥稼穡：播種和收穫，這裏指農業生產。⑦運漕：由水路運糧食。⑧南畝：農田。古代開墾的地基本上是朝南，因爲南面是向陽的，對農作物的生長是有利的。

【譯文】後來王肅以常侍的身份兼任秘書監，還兼任着崇文觀祭酒。景初年間，大興建築宮室，百姓耽誤了農業生產，官府不講信用，沒有經過仔細調查就倉促對百姓進行刑罰。王肅上疏說：「大魏繼承了百王的大業，百姓人口本來就很少，戰爭還沒有停止，實在應該讓百姓得到休養，讓人口增加，並且對他們施加恩惠。讓天下的百姓安安穩穩生活了，還應該減少徭役讓他們努力從事農業生產。現在宮室還沒有修完，功業還沒有建立，由水路來調運糧食，從別處來供應。因此民工就會非常疲憊，農民離開了耕種的土地，種糧食的人越來越少，吃糧食的人卻越來越多，原先的陳糧已經被吃完了，新的糧食還沒有成熟。那麼這就會成爲國家最大的禍患，這可不是有準備的爲國家的長遠打算的政策啊。現在服勞役的人有三四萬那麼多，九龍殿就可以使聖上足夠使用的了，這裏的房間足夠安排下六宮的了，顯陽殿的建造又快完工了，現在衹有泰極殿的前面，還需要費大工夫，衹是現在已經是大寒天了，疾病就有可能發生了。眞心希望陛下大發善心，立刻下英明的詔書，體恤役夫們的疲勞，多體諒一下天下百姓的不富足，減少那些吃國家俸祿的沒有眞才實幹的人，那些不急需的費用也考慮着要減少，挑選出健壯的人丁，留下一萬人，讓他們服役一段時間就更換新的人來服役，讓他們能夠得到足夠的休息，那麼他們就會很高興地去爲陛下辦事，勞作的時候也就不會抱怨了。這樣的話，一年有三百六十五萬民工也不算少了。應該一年間建完的宮殿，現在讓它三年的時間完成。把那些餘下來的人再遣回去，讓他們去種地，這才是一個長遠的打算啊。這樣做就會使糧倉裏有大量的多餘的糧食，人民也就會有足夠的力氣；要是用這種方法來建立功業，什麼功業不成功呢？要是用這種方法來施行教化，什麼教化不成功呢？取得人民的信任，這是國家最大的寶藏啊。孔子說：『自古以來人都是要死的，人民不信任政權，（政權）就立不住。』那麼小的一個晉國，微不足道的重耳，他想使用民力，就先在民衆中樹立威信，所以對方雖然快要投降了，但是還能顧及信用撤兵回國，並且靠着一次戰爭就能稱霸了，到現在還被稱頌呢！前些日子您有幸親自到了洛陽，徵發那裏的民力來修建宮殿，有司命令他們在宮殿建成後就讓他們回家。等到建成之後，卻又讓他們繼續勞作，並不是按時把他們遣送回去的。這些官吏衹是看到了眼前的利益，沒有考慮到國家的根本大業。我雖然很愚鈍，但是我認爲從今以後，要是再用百姓的人力，應該建立明確的法令，到了一定的期限就讓服役的百姓回去。如果趕上了其他的事情還要繼續使用的話，寧可再使用其他的人，也不要在百姓的心裏失去了信用。衹要是陛下臨時要執行刑罰的人，都是有罪的官吏，是應該殺死的人。可是老百姓卻是不了解的啊，他們會認爲處理得很倉促。所以希望陛下把他們交給下面的官吏來處理，揭露他們的罪過。同樣都要被處死，還是不要讓這些人玷污了宮廷還被遠近的人懷疑。更何況人的生命是非常重要的，獲得生命很難，要想死是很容易的事情，衹要氣一斷就不能再繼續了，所以聖賢都很重視生命。孟軻說通過殺一個沒有罪過的人來取得天下的信任，這是仁德的人不去幹的事情。漢朝的時候，有一個犯人違反了帝王出去時候的清除道路的戒嚴令，驚擾了皇上的拉車的馬，廷尉張釋之向皇上奏報並且想對他處以罰金，文帝怪罪他對那人處理得太輕了，張釋之回答說：『那個時候，要是皇上下令殺了他也沒什麼。現在您卻交給廷尉去處理。廷尉這個官職，他是天下的一杆秤啊，如果傾斜了，天下的官吏用法就會都隨意輕重刑罰，那麼老百姓會整天提心吊膽的，又哪裏敢放手去做事情呢？』臣認爲大大背離了道義，

那不是忠臣應該說的。廷尉呢，是天子的官吏，尚且還能做到不失公平，現在您貴爲天子之身，卻反而可以糊塗辦錯事嗎？這是重視爲自己的利益，輕視爲國君謀福利，實在是太不忠誠了。周公說：『天子說的話沒有玩笑話；衹要說了就應該記到史冊裏，讓樂工唱誦它，讓士大夫稱引它。』說話都不能開玩笑，更何況是行動呢？所以張釋之的話不可以不去細細查明，周公的告誡不應該不去學習。」王肅又說「像那些鳥獸一樣沒有用的東西，它們衹是白白浪費着糧食和飼養它們的人力，都應該廢除它們。」

原文　帝嘗問曰：「漢桓帝時，白馬令李雲上書言：『帝者，諦也①。是帝欲不諦。』當何得不死？」肅對曰：「但爲言失逆順之節。原其本意，皆欲盡心，念存補國。且帝者之威，過于雷霆，殺一匹夫，無異螻蟻②。寬而宥之③，可以示容受切言，廣德宇于天下。故臣以爲殺之未必爲是也。」帝又問：「司馬遷以受刑之故④，內懷隱切⑤，著史記非貶孝武，令人切齒。」對曰：「司馬遷記事⑥，不虛美⑦，不隱惡。劉向、揚雄服其善敍事⑧，有良史之才，謂之實錄。漢武帝聞其述《史記》，取孝景及己本紀

覽之，于是大怒，削而投之。于今此兩紀有錄無書。後遭李陵事⑨，遂下遷蠶室。此爲隱切在孝武，而不在于史遷也。」

注釋

①諦：細查，注意。②螻蟻：螻蛄和螞蟻。③寬而宥：寬宥，赦罪。④司馬遷：司馬談的兒子，西漢的史學家，文學家。⑤隱切：心裏很有怨恨。⑥司馬遷記事：指《史記》。《史記》是我國的第一部紀傳體通史，記事起于傳說中的黃帝，止于漢武帝，一共記錄了三千年的歷史。⑦虛：沒有根據的。⑧善：善于。⑨李陵事：李陵戰敗後投降了匈奴，司馬遷爲他說話觸怒了漢武帝，被施加宮刑。

譯文

明帝曾經問王肅說：「漢桓帝在位的時候，白馬令李雲上書說：『帝業就是諦的意思。是帝王不想細查的意思。』那當時漢桓帝爲什麼沒有處死他呢？」王肅回答說：「李雲那時候說話衹是違背了逆順的禮節。他心裏原來的意思是想盡心盡力，爲國家進獻忠心罷了。更何況帝王的威信，比雷霆還要有影響力，讓他去殺一個人，那就像殺一個螻蛄和螞蟻一樣簡單。但是能夠寬容他們並且讓他們爲君主效力，可以用來表示君王有容納激烈的言辭，向天下廣施仁德。所以我認爲要是殺了他，未必是對的。」明帝又問王肅：「司馬遷因爲有被施加宮刑的原因，心裏很有怨恨，所以在他編著的《史記》裏指責貶低漢武帝，叫人切齒痛恨。」王肅回答說：「司馬遷記事，從來都是不憑空去贊美，也不隱瞞罪惡。劉向、揚雄都很佩服他記事善于敘事，有良史的才能，認爲他是在如實記錄。漢武帝聽說他在編《史記》，拿着寫漢孝景帝和寫自己的本紀來看，非常憤怒，把那些文字删掉了還把這部分丟了。所以現在這兩紀裏衹有目錄沒有文章。後來司馬遷遭受李陵事件的牽連，就被關進了遭受宮刑的監獄。這是漢武帝內心懷着私怨，並不是錯誤出在司馬遷的身上。」

原文

正始元年，出爲廣平太守。公事徵還，拜議郎。頃之，爲侍中，遷太常。時大將軍曹爽專權，任用何晏、鄧颺等。肅與太尉蔣濟、司農桓範論及時政①，肅正色曰②：「此輩即弘恭、石顯之屬，復稱說邪！」爽聞之，戒何晏等曰：「當共慎之！公卿已比諸君前世惡人矣。」坐宗廟事免。後爲光祿勛。時有二魚長尺，集于武庫③之屋，有司以爲吉祥。肅曰：「魚生于淵而亢于屋，介鱗之物失其所也④。邊將其殆有棄甲之變臣松之案叔然與晉武帝同名，故稱其字。

乎？」其後果有東關之敗。徙爲河南尹。嘉平六年，持節兼太常，奉法駕⑤，迎高貴鄉公于元城。是歲，白氣經天，大將軍司馬景王問肅其故⑥，肅答曰：「此蚩尤之旗也⑦，東南其有亂乎？君若修己以安百姓，則天下樂安者歸德，唱亂者先亡矣⑧。」明年春，鎮東將軍毌丘儉、揚州刺史文欽反，景王謂肅曰：「霍光感夏侯勝之言，始重儒學之士，良有以也。安國寧主，其術焉在？」肅曰：「昔關羽率荆州之衆，降于禁于漢濱，遂有北向爭天下之志。後孫權襲取其將士家屬，羽士衆一旦瓦解。今淮南將士父母妻子皆在內州，但急往禦衛，使不得前，必有關羽土崩之勢矣。」景王從之，遂破儉、欽。後遷中領軍，加散騎常侍，增邑三百，並前二千二百戶。甘露元年薨，門生縗絰者以百數。追贈衛將軍，謚曰景侯。子惲嗣。惲薨，無子，國絕。景元四年，封肅子恂爲蘭陵侯。咸熙中，開建五等，以肅著勛前朝，改封恂爲丞子。

注釋

①司農：又稱大司農，是一種官名，九卿之一，主管錢糧。②正色：神色嚴肅莊重。③武庫：存放武器的倉庫。④介：帶有甲殼的蟲和水族。⑤法駕：皇帝的車駕，也稱法車。⑥司馬景王：人名，即司馬師，景王是他的謚號。⑦蚩尤：古代九黎部落首領。⑧唱亂：首先作亂。唱，通「倡」，倡導。

譯文

正始元年（公元二四〇年），王肅出任爲廣平太守。因爲有公事徵召他回來，授予他議郎的官職。沒過多久，又讓他擔任侍中，提升爲太常。這時候恰逢大將軍曹爽專權，曹爽任用何晏、鄧颺等。王肅與太尉蔣濟、司農桓範談論起時政時，王肅很嚴肅地說：「這類人就是弘恭、石顯那樣的，他們有什麼值得稱道的呢！」曹爽聽說了這些話，告戒何晏等說：「你們一定要謹慎地和他們相處！公卿已經把你們諸位比作了前代的惡人了。」王肅由于宗廟祭祀的事情被認定爲有罪被罷免了官職。後來又任用他做光祿勛。這時候有兩條一尺長的魚意外地出現在武器庫的房上，有些官員認爲這是一個吉兆。王肅說：「魚本來是生活在深水的潭裏的，但是現在卻在高高的房子上，這是有甲有鱗的動物失去了他們賴以生存的地方。守護邊防的將領大概有丟下鎧甲的事情發生了吧？」後來果然發生了東關打了敗仗的事情。王肅被調任做河南尹。嘉平六年，持符節兼任太常的職務，供奉皇上的車駕，他在元城迎接高貴鄉公。在這一年，白氣從地上升起來一直升到天上去了，大將軍司馬景王問肅有什麼緣故，王肅回答說：「這是蚩尤的旗幟啊，東南大概發生了戰亂了吧？您如果能增加自己的修養來安撫百姓，那麼天下喜歡安定的人肯定會歸順有德的人，首先起來作亂的人肯定會先滅亡的。」第二年的春天，鎮東將軍毌丘儉、揚州刺史文欽起來造反，景王對王肅說：「霍光被夏侯勝的話感動了，才開始重視儒學的人，的確是有原因的。安定國家輔佐君主的好方法在哪裏呢？」王肅回答說：「從前關羽帶領荆州的部隊，在漢水邊上降伏了于禁，從那時候開始他心裏有了向北爭奪天下的志向。後來孫權偷襲了他，並且把他的將士家屬都俘獲了，關羽的士兵一下子就瓦解了。現在淮南將士的父母、妻子、兒女都在內地，衹要前去保衛和抵抗，讓他們不能前進，一定會出現關羽士崩瓦解的情況。」景王從之，于是景王大敗了毌丘儉、文欽。後來王肅升任爲中領軍，加任散騎常侍，並爲他增加食邑三百戶，連同以前的食邑一共是二千二百戶。甘露元年王肅去世了，他的門生爲他披麻戴孝守喪的好幾百人。追贈他爲衛將軍，謚號是景侯。王肅的兒子王惲繼承了爵位。王惲去世後他沒有兒子繼承爵位，于是封國就被撤銷了。景元四年，封王肅的兒子王恂爲蘭陵侯。咸熙年間，開始建立五等爵位，元帝認爲王肅對前朝有很大的功勞，改封王恂爲丞子。

原文 初，肅善賈、馬之學①，而不好鄭氏②，采會同異，爲《尚書》、《詩》、《論語》、《三禮》、《左氏》解③，及譔定父朗所作《易傳》，皆列于學官。其所論駁朝廷典制、郊祀、宗廟、喪紀、輕重，凡百餘篇。時樂安孫叔然，受學鄭玄之門，人稱東州大儒。徵爲秘書監，不就。肅集聖證論以譏短玄，叔然駁而釋之，及作《周易》、《春秋例》、《毛詩》、《禮記》、《春秋三傳》、《國語》、《爾雅》諸注，又注書十餘篇。自魏初徵士敦煌周生烈，明帝時大司農弘農董遇等，亦歷注經傳，頗傳于世。

臣松之案此人姓周生，名烈。

評曰：鍾繇開達理幹，華歆清純德素，王朗文博富贍，誠皆一時之俊偉也。魏氏初祚，肇登三司，盛矣夫！王肅亮直多聞，能析薪哉！

注釋 ①賈、馬：指賈逵、馬融。他們都是東漢著名的經學家。後代人把他們稱作「通

鍾繇

鍾繇，字元常，三國魏大臣，書法家。在漢朝任顯職，後爲曹操所用，擔任相國一職，與華歆、王朗並爲三公，名重一時。

儒」。②鄭氏：鄭玄，字康成，東漢著名的經學家，很精通各種典籍，遍注羣經。③《三禮》：《周禮》、《禮記》、《儀禮》的合稱。

譯文　當初，王肅非常擅長賈逵、馬融的學說，卻不喜歡鄭玄的學說，他采集匯合各家的不同之處，爲《尚書》、《詩》、《論語》、《三禮》、《左氏》做了注解，還寫成了他父親王朗所編著的《易傳》，這些書都被列入了學官。還有他所論及朝廷典制、郊祀、宗廟、喪紀、輕重的文章，一共有一百多篇。當時樂安郡的孫叔然，師從于鄭玄，有人把他稱作東州大儒。皇上下詔書徵召他做秘書監，孫叔然不去就職。王肅寫了《聖證論》來譏諷鄭玄的不足之處，孫叔然進行反駁並且爲此作了解釋，又寫了《周易》、《春秋例》、《毛詩》、《禮記》、《春秋三傳》、《國語》、《爾雅》的注解，還有注書十多篇。自從魏初徵召士人敦煌周生烈開始，到明帝時大司農弘農董遇等，都做了注解和傳，都在社會上廣爲流傳。

評論說：鍾繇爲人開朗豁達，華歆爲人清正純樸，很有仁德的修養，王朗的文才很淵博，很有才學，他們都是一個時代的偉大的人物。魏國剛剛建立的時候，他們都已經登上了三公的位置上了，真是顯盛一時啊！王肅這個人很忠誠正直，而且見多識廣，非常擅長分析事理！

張樂于張徐傳

原文　張遼字文遠，雁門馬邑人也。本聶壹之後，以避怨變姓。少爲郡吏。漢末，并州刺史丁原以遼武力過人，召爲從事，使將兵詣京都。何進遣詣河北募兵，得千餘人。還，進敗，以兵屬董卓。卓敗，以兵屬呂布，遷騎都尉。布爲李傕所敗，從布東奔徐州，領魯相，時年二十八。太祖破呂布于下邳，遼將其衆降，拜中郎將，賜爵關內侯。數有戰功，遷裨

張遼

張遼，三國時曹魏名將。「面如紫玉，目若明星」，起初爲呂布部下，後爲曹操所用，隨曹軍征討四方，多立戰功，曹操待之如親信。

將軍。袁紹破，別遣遼定魯國諸縣。與夏侯淵圍昌豨于東海，數月糧盡，議引軍還，遼謂淵曰：「數日已來，每行諸圍①，豨輒屬目視遼。又其射矢更稀，此必豨計猶豫，故不力戰。遼欲挑與語，倘可誘也？②」乃使謂豨曰：「公有命，使遼傳之。」豨果下與遼語，遼爲說「太祖神武，方以德懷四方③，先附者受大賞」。豨乃許降。遼遂單身上三公山，入豨家，拜妻子。

豨歡喜，隨詣太祖。太祖遣豨還，責遼曰：「此非大將法也。」遼謝曰：「以明公威信著于四海，遼奉聖旨，豨必不敢害故也。」

從討袁譚、袁尚于黎陽，有功，行中堅將軍。從攻尚于鄴，尚堅守不下。太祖還許，使遼與樂進拔陰安，徙其民河南。復從攻鄴，鄴破，遼別徇趙國、常山④，招降緣山諸賊及黑山孫輕等。從攻袁譚，譚破，別將徇海濱，破遼東賊柳毅等。還鄴，太祖自出迎遼，引共載，以遼爲蕩寇將軍。復別擊荆州，定江夏諸縣，還屯臨潁，封都亭侯。從征袁尚于柳城，卒與虜遇，遼勸太祖戰，氣甚奮⑤，太祖壯之，自以所持麾授遼。遂擊，大破之，斬單于蹋頓。

注釋 ①圍：這裏指營壘。②倘：或許，可能。③懷：安撫。④徇：攻占，占領。⑤奮：振奮。

譯文 張遼字文遠，雁門馬邑人。本來是聶壹的後代，因爲躲避仇人的殺害而把姓改了。他年輕的時候擔任郡吏。東漢末年，因爲他勇氣體力超過常人，并州刺史丁原徵召他爲兵曹從事，派遣他率軍去京都。何進派張遼去河北徵兵，徵了一千多人。返回京都，後來何進失敗，張遼率部下歸順了董卓。董卓失敗後，他又率兵歸屬了呂布，升任騎都尉。呂布後來被李傕打敗，張遼跟隨呂布往東奔到了徐州，兼任魯國的宰相，當時二十八歲。曹操在下邳打敗了呂布，張遼率軍投降，被任命爲中郎將，賜予關內侯的爵位，因爲他屢次立戰功，所以升爲裨將軍。袁紹戰敗後，曹操派遣張遼率軍平定魯國諸縣。與夏侯淵一起在東海把昌豨包圍了起來，幾個月之後糧草都用光了，大家商議要撤軍返回，張遼對夏侯淵說：「這幾天以來，我每次走到營壘前面，就覺得昌豨在注視着我。此外，他們的弓箭也一天比一天少，這一定是昌豨心中産生了猶豫，所以沒有全力作戰。我想用言語規勸他，或許能夠誘使他歸降。」于是派使者告訴昌豨：「曹公下了命令，派張遼傳達給你。」昌豨果然走下來同張遼進行了交談。張遼勸他說：「曹公聖明英武，正在用德操和行動安撫四方，先歸順的人一定會得到更好的獎賞。」昌豨就答應投降。于是張遼隻身一個人去了三公山，來到了昌豨的家裏拜會了他的妻子和兒子。

昌豨十分高興，就跟隨着張遼去見曹操，曹操讓昌豨先返回，批評張遼說：「這不是大將應該使用的方法。」張遼道歉道：「因爲您的威名揚于四海，我張遼說奉了您的命令，昌豨必然不敢害我。」

接着跟隨曹操在黎陽征伐袁譚、袁尚，立下了很多戰功，代任中堅將軍。後來又跟隨曹操攻打鄴城袁尚，袁尚堅守，未打下。曹操還許昌，派張遼、樂進攻下陰安，將民衆遷往河南。又攻鄴城，鄴城被攻占，張遼又率另外的軍隊攻占了趙國、常山，招撫降伏了緣山一帶的賊人和黑山的孫輕等人。後又跟隨曹操攻打袁譚，打敗袁譚後，另外率軍攻占了海濱，打敗了遼東的柳毅等人。當他返回到鄴城時，曹操親自出城迎接他，牽着他的手共同乘坐一輛車，任命張遼爲蕩寇將軍。後來張遼又率兵攻打荆州，平定了江夏諸縣，撤軍回來駐扎在臨潁，被封爲都亭侯。又跟隨曹操前往柳城征討袁尚，在路上突然遭到胡兵的襲擊，張遼勸曹操與胡兵進行決戰，士兵的士氣特別振奮，曹操也鼓勵他，將自己手裏拿着的令旗授予張遼。于是張遼就率軍發起進攻，大敗胡兵，斬首了單于蹋頓。

原文　時荆州未定，復遣遼屯長社。臨發，軍中有謀反者，夜驚亂起火，一軍盡擾。遼謂左右曰：「勿動。是不一營盡反，必有造變者，欲以動亂人耳。」乃令軍中，其不反者安坐。遼將親兵數十人，中陳而立。有頃定①，即得首謀者殺之。陳蘭、梅成以氐六縣叛，太祖遣于禁、臧霸等討成，遼督張郃、牛蓋等討蘭。成僞降禁，禁還。成遂將其衆就蘭②，轉入灊山。灊中有天柱山，高峻二十餘里，道險狹，步徑裁通③，蘭等壁其上。遼欲進，諸將曰：「兵少道險，難用深入。」遼曰：「此所謂一與一，勇者得前耳。」遂進到山下安營，攻之，斬蘭、成首，盡虜其衆。太祖論諸將功，曰：「登天山，履峻險，以取蘭、成，蕩寇功也。」增邑，假節。

注釋 ①有頃：一會兒，形容時間短暫。②就：靠近。③裁：通「才」，僅僅，衹有。

譯文 當時荊州還沒有安定下來，曹操再次派遣張遼駐扎在長社。臨出發的時候，軍營中有造反的人，夜裏到處點火，趁機製造混亂，全軍都被驚擾。張遼對身邊的人說：「不要動，這不是全軍營的人都造反，肯定有製造叛亂的人，想用混亂來擾亂人心。」于是在軍中下令，凡不參加謀反的人都可以安心坐下來。張遼率領數十名隨身的衛士，站在軍營的中間。不久局勢就安定下來了，迅速抓獲了主謀，將其殺掉。陳蘭、梅成據守在氐六縣發動叛亂。曹操派于禁、臧霸等將領征伐梅成，張遼督率張郃、牛蓋等將領討伐陳蘭。梅成假裝向于禁投降，于禁撤回了軍隊。梅成就率領他的隊伍向陳蘭

靠攏，轉入灊山，灊山中有一個天柱峰，高聳險峻長達二十餘里，道路非常崎嶇狹窄，小路勉強可以通行，陳蘭等人在天柱峰頂上修築壁壘。張遼想進軍，諸將領說：「我們的兵力太少，道路艱難危險，很難深入到裏面。」張遼說：「這次正好是一對一的搏殺，衹有勇敢的人才能搶先一步。」就把隊伍開到了山下安營扎寨，立即就進行了攻打，殺掉陳蘭、梅成，全部俘虜了他們的兵將。曹操評價諸將領的功勞，說道：「登上天柱，踏着險峻的道路，戰敗陳蘭、梅成，這是蕩寇將軍的功勞。」就增加了張遼的食邑，並且授予他假節的頭銜。

原文 太祖既征孫權還，使遼與樂進、李典等將七千餘人屯合肥。太祖征張魯，教與護軍薛悌①，署函邊曰「賊至乃發」。俄而權率十萬衆圍合肥，乃共發教，教曰：「若孫權至者，張、李將軍出戰；樂將軍守，護軍勿得與戰。」諸將皆疑。遼曰：「公遠征在外，比救至，彼破我必矣。是以教指及其未合逆擊之②，折其盛勢，以安衆心，然後可守也。成敗之機，在此一戰，諸君何疑？」李典亦與遼同。于是遼夜募敢從之士，得八百

張遼合肥陷陣　建興二十年（公元二一五年），曹操出征張魯，派張遼駐守合肥，恰好孫權前來征討合肥，張遼以少勝多，凱旋而歸，從此聲名大振。

人，椎牛饗將士③，明日大戰。平旦，遼被甲持戟，先登陷陳，殺數十人，斬二將，大呼自名，衝壘入，至權麾下。權大驚，衆不知所爲，走登高冢，以長戟自守。遼叱權下戰，權不敢動，望見遼所將衆少，乃聚圍遼數重。遼左右麾圍，直前急擊，圍開，遼將麾下數十人得出，餘衆號呼曰：「將軍棄我乎！」遼復還突圍，拔出餘衆④。權人馬皆披靡⑤，無敢當者。自旦戰至日中，吳人奪氣，還修守備，衆心乃安，諸將咸服。權守合肥十餘日，城不可拔，乃引退。遼率諸軍追擊，幾復獲權。太祖大壯遼，拜征東將軍。

建安二十一年，太祖復征孫權，到合肥，循行遼戰處，嘆息者良久。乃增遼兵，多留諸軍，徙屯居巢。

注釋　①教：古代的王公對下屬發布的命令。②逆擊：迎擊，迎戰。③饗：款待、慰勞。④拔：救出。⑤披靡：戰敗，失敗。

譯文　曹操征討孫權回來以後，派遣張遼和樂進、李典等將率領七千餘人駐扎在合肥。曹操討伐張魯，給護軍薛悌下了命令，在信件的外面寫道：「敵軍來後再打開信件。」不久以後孫權就派遣十萬大兵包圍了合肥，他們就一起將密封的信件打開，令函中說：「如果孫權來，張遼、李典率軍出戰，樂進將軍守城，護軍薛悌不能出戰。」諸將都感到很疑惑。張遼說：「曹公遠在外面征戰，等救兵趕到的時候，敵軍必定已經把我們打敗了。所以命令我們趁敵軍還沒有形成包圍的陣勢時迅速出擊，挫傷他們的銳氣，以安定軍心，然後我們就可以堅守了。成敗的關鍵就在這一戰了，大家有什麼疑問嗎？」李典也贊同張遼的建議。于是張遼當晚就徵召敢于跟隨他作戰的士兵，一共有八百人，殺牛慰勞這些將士，第二天進行大戰。黎明時分，張遼披着盔甲手拿長戟，率先衝入敵人的陣營，殺敵數十人，斬

關雲長大戰徐晃

關羽圍曹仁于樊城，時徐晃所部多爲新兵，難與關羽爭鋒，然徐晃武藝過人，舉斧與關羽大戰八十餘回合，又聲東擊西大敗蜀軍。最後關羽撤退，樊城圍解。

殺兩名將領，高聲呼喊着自己的名字，然後又衝入敵人的營壘，一直到達孫權的指揮地。孫權感到非常害怕，衆多的將領也不知道怎麽辦，急忙登上高高的土堆，用長戟自衛。張遼大聲喊着孫權的名字讓他下來決戰，孫權不敢動，看見張遼所帶的將士非常少，就聚集軍隊把張遼包圍了很多層。張遼忽左忽右指揮，迅速向前方發起猛烈的攻擊，包圍圈被衝開，張遼指揮的數十名勇士衝出來，其他士兵大聲呼喊：「將軍要拋棄我們嗎？」張遼再次衝入包圍圈，救出其餘的士兵，孫權的部下人馬四處逃散，沒有敢阻擋他的人。戰鬥從早上一直進行到中午，吳軍喪失了士氣，張遼返回營地加強修建守備的工事，軍心安定，諸將領都很佩服張遼。孫權把合肥包圍了十幾天，都沒有辦法攻克，于是就撤軍返回。張遼率領各路人馬追擊，幾乎

再次將孫權俘獲，曹操大大地嘉獎張遼，任命他爲征東將軍。建安二十一年，曹操再次征討孫權，到達合肥，巡視當年張遼作戰的地方，久久地感嘆不已。于是增加了張遼的兵力，多留了一些隊伍，移軍駐扎在居巢。

原文

關羽圍曹仁于樊，會權稱藩，召遼及諸軍悉還救仁。遼未至，徐晃已破關羽，仁圍解。遼與太祖會摩陂。遼軍至，太祖乘輦出勞之①，還屯陳郡。文帝即王位，轉前將軍。分封兄汎及一子列侯。孫權復叛，遣遼還屯合肥，進遼爵都鄉侯。給遼母輿車，及兵馬送遼家詣屯，敕遼母至，導從出迎②。所督諸軍將吏皆羅拜道側③，觀者榮之。文帝踐阼，封晉陽侯，增邑千戶，并前二千六百戶。黃初二年，遼朝洛陽宮，文帝引遼會建始殿，親問破吳意狀④。帝嘆息顧左右曰：「此亦古之召虎也。」爲起第舍，又特爲遼母作殿，以遼所從破吳軍應募步卒，皆爲虎賁。孫權復稱藩。遼還屯雍丘，得疾。帝遣侍中劉曄將太醫視疾，虎賁問消息，道路相

①《魏書》曰：「王賜遼帛千匹，穀萬斛。」

張遼大戰逍遙津

屬。疾未瘳，帝迎遼就行在所，車駕親臨，執其手，賜以御衣，太官日送御食。疾小差⑤，還屯。孫權復叛，帝遣遼乘舟，與曹休至海陵，臨江。權甚憚焉，敕諸將：「張遼雖病，不可當也，慎之！」是歲，遼與諸將破權將呂範。遼病篤，遂薨于江都。帝爲流涕，謚曰剛侯。子虎嗣。六年，帝追念遼、典在合肥之功，詔曰：「合肥之役，遼、典以步卒八百，破賊十萬，自古用兵，未之有也。使賊至今奪氣，可謂國之爪牙矣。其分遼、典邑各百戶，賜一子爵關內侯。」虎爲偏將軍，薨。子統嗣。

注釋 ①輦：秦漢以來專門指天子乘坐的車。曹操位高權大，所以他乘坐的車也稱輦。②導從：現在指儀仗隊。導，引導；從，隨從，跟從。③羅拜：環繞着跪拜。④意狀：情況、狀況。⑤小差：指病情稍微地好轉。

譯文 關羽在樊城包圍了曹仁，當時孫權向魏國稱臣，于是太祖徵召張遼和諸軍返回營地營救曹仁。張遼的軍隊還沒有趕到，徐晃已經打敗了關羽，曹仁的包圍也被解除。張遼與曹操在摩陂會師。張遼率軍趕到後，曹操親自乘車前往軍營慰勞，軍隊調回來駐扎在陳郡。曹丕繼承了王位，張遼調任前將軍，他的哥哥張汎和一個兒子被分封爲列侯，孫權再次造反，曹丕派遣張遼再次駐扎在合肥，封他都鄉侯的爵位。賜給張遼的母親輿車，派遣兵馬護送張遼的家人前往張遼的軍營，命令張遼的母親到達時，儀仗隊出來相迎。張遼督率的諸軍將士都圍繞跪拜在道路的兩邊，旁觀的人都認爲這種禮遇非常榮耀。曹丕登上帝位後，封張遼爲晉陽侯，增加千戶食邑，加上原來的一共有兩千六百戶。黃初二年，張遼前往洛陽宮朝拜，曹丕在建始殿會見了他，親自詢問他關于攻破孫權的一些情況。曹丕嘆息着對身邊的人說：「這是像古代的召虎一樣的猛將。」他爲張遼建造府第，又特別替他的母親修建了殿宇，原來跟隨張遼破吳的應招士卒，都擔任虎賁郎，孫權再次稱臣。張遼回到軍中駐扎在雍丘，後來得病。曹丕派遣侍中劉曄帶領太醫前去探問疾病，前去探望張遼病情的文帝的禁兵絡繹不絕。病還沒有完全好，曹丕就把張遼迎到自己巡行時的住所，親自乘車探望他，見面後緊緊握住張遼的手，賜給他御衣，太官每天都給他送御食。病情稍微有好轉後，張遼就回到軍營。孫權再次反叛，曹丕派遣張遼乘船與曹休一起到海陵，沿着長江駐軍，孫權非常害怕張遼，命令諸將：「張遼雖然有病，仍然不能抵擋，應該謹慎行事！」這一年，張遼同諸將一起擊敗了孫權的將領呂範。張遼的病情加重，病逝于江都。曹丕爲他留下了眼淚，謚號剛侯。兒子張虎繼承了他的爵位。黄初六年，曹丕追念張遼、李典在合肥立下的功勞，下詔書說：「合肥戰役，張遼、李典率領八百名步卒，擊敗十萬吳軍，自古用兵沒有這樣的戰例。使吳軍至今仍然喪失了士氣，可以說是國家的良將。分封張遼、李典每個人一百戶，賜給張遼的一個兒子關內侯的爵位。」張虎擔任偏將軍，去世後，兒子張統繼承。

【原文】樂進字文謙，陽平衛國人也。容貌短小，以膽烈從太祖①，爲帳下吏。遣還本郡募兵，得千餘人，還爲軍假司馬、陷陳都尉。從擊呂布于濮陽，張超于雍丘，橋蕤于苦，皆先登有功，封廣昌亭侯。從征張繡于安衆，圍呂布于下邳，破別將，擊眭固于射犬，攻劉備于沛，皆破之，拜討寇校尉。渡河攻獲嘉，還，從擊袁紹于官渡，力戰，斬紹將淳于瓊。從擊譚、尚于黎陽，斬其大將嚴敬，行游擊將軍。別擊黄巾，破之，定樂安郡。從圍鄴，鄴定，從擊袁譚于南皮，先登，入譚東門。譚敗，別攻雍奴，破之。建安十一年，太祖表漢帝，稱進及于禁、張遼曰：「武力既弘，計略周備②，質忠性一，守執節義，每臨戰攻，常爲督率，奮強突固③，無堅不陷，自援枹鼓，手不知倦。又遣別征，統御師旅，撫衆則和，奉令無犯，當敵制決④，靡有遺失。論功紀用，宜各顯寵。」于是禁爲虎威；進，折衝；遼，蕩寇將軍。

【注釋】①膽烈：膽識和勇氣。②周備：周到全面。③突固：攻克險阻，突出重圍。④制決：制定決策。

譯文

樂進字文謙，陽平郡衛國人。他身材非常矮小，憑借膽識和勇氣跟隨曹操，是曹操帳下的官員，曹操派遣他回到陽平郡招募士兵，徵得一千多人，返回後代理軍假司馬，擔任陷陣都尉。跟隨曹操在濮陽攻打呂布，在雍丘向張超發動進攻，在苦縣進攻橋蕤，他都率先衝鋒陷陣而建立軍功，被封爲廣昌亭侯。後來又跟隨曹操在安衆討伐張繡，在下邳圍攻呂布，擊敗他們所屬的將領，在射犬攻擊眭固，在沛國進攻劉備，都把他們擊敗了，升爲討寇校尉。渡過黃河進攻獲嘉，返回來後，樂進又跟隨曹操在官渡攻打袁紹，奮力作戰，斬首了袁紹的部將淳于瓊。後來又跟隨曹操在黎陽攻打袁譚、袁尙，殺了他們的部將嚴敬，代行游擊將軍的職務，此外，率軍討伐黃巾軍，把他們擊敗，平定了樂安郡。又跟隨曹操圍攻了鄴縣，平定之後又到南皮攻擊袁譚，率先攻入東門。袁譚失敗，又進攻雍奴，一次就把此地攻破。建安十一年（公元二〇六年），曹操上書，稱贊樂進、于禁和張遼說：「不但武力非常強大，而且計謀也很周到全面，本性忠誠堅定，保持忠節和義信，每當戰爭進行的時候，經常率先攻入敵陣，奮發圖強，攻破艱難險阻，沒有不能攻破的艱難，自己擊鼓進軍，不知道疲倦。此外，派遣他們率軍征討，統帥隊伍，能夠安撫衆心，團結一致，遵守軍令，不侵犯秋毫之物，面臨大敵，制定決策，極少出現失誤。按照功勞的大小任用，應該分別予以重任，以顯示對他們的恩寵。」于是，任命于禁爲虎威將軍；樂進爲折衝將軍；張遼爲蕩寇將軍。

曹孟德大戰呂布

原文

進别征高幹，從北道入上黨，回出其後。幹等還守壺關，連戰斬首。幹堅守未下，會太祖自征之，乃拔。太祖征管承，軍淳于，遣進與李典擊之。承破走，逃入海島，海濱平。荊州未服，遣屯陽翟。後從平荊州，留屯襄陽，擊關羽、蘇非等，皆走之，南郡諸縣山谷蠻夷詣進降。又討劉備臨沮長杜普、旌陽長梁大，皆大破之。後從征孫權，假進節。太祖還，留進與張遼、李典屯合肥，增邑五百，並前凡千二百戶。以進數有功，分五百戶，封一子列侯；進遷右將軍。建安二十三年薨，謚曰威侯。子綝嗣。綝果毅有父風①，官至揚州刺史。諸葛誕反，掩襲殺綝②，詔悼惜之，追贈衛尉，謚曰愍侯。子肇嗣。

注釋 ①果毅：果敢堅毅，形容一個人的品格優秀。②掩襲：趁人不注意的時候突然襲擊。

譯文 樂進又率領軍隊另外征討高幹，他從北面的道路進入上黨，抄了高幹的後路。高幹等人返回來堅守壺關，樂進連續發動了好多次進攻，追殺敵人。高幹堅守壺關，最終未能攻克，一直等到曹操率軍前來後才攻克。曹操討伐管承，駐扎在淳于，派遣樂進和李典起兵發起進攻。管承大敗逃走，逃入海島上，海濱才被平定下來。當時荊州還沒有歸順，曹操派遣樂進率軍進駐在陽翟。後來跟隨曹操平定了荊州。留守襄陽，向關羽、蘇非等人發起了進攻，把他們都趕走了，南郡山谷一帶的蠻夷都來歸順。後來又率領軍隊征討劉備任命的臨沮長杜普、旌陽長梁大，都把他們打敗了。後來樂進又跟隨曹操征討孫權，被授予假節的加官。曹操返回，留下樂進和張遼、李典駐守合肥，給樂進增加五百戶食邑，加上以前受封的食邑總共有一千二百戶食邑。又因爲樂進屢次建立戰功，曹操又封給他五百戶，晉封他的一個兒子爲列侯；樂進升爲右將軍。建安二十三年（公元二一八年），樂進去世，謚號威侯。兒子樂綝繼承爵位。樂綝果敢剛毅具有其父親的遺風，擔任過揚州刺史。諸葛誕造反，偷襲並殺掉了樂綝，朝廷下詔哀悼惋惜他，追封爲衛尉，謚號愍侯，兒子樂肇繼承他的爵位。

原文 于禁字文則，泰山鉅平人也。黃巾起，鮑信招合徒衆，禁附從焉。及太祖領兗州，禁與其黨俱詣爲都伯，屬將軍王朗。朗異之，薦禁才任大將軍。太祖召見與語，拜軍司馬，使將兵詣徐州，攻廣戚，拔之，拜陷陳都尉。從討呂布于濮陽，別破布二營于城南，又別將破高雅于須昌。從攻壽張、定陶、離狐，圍張超于雍丘，皆拔之。從征黃巾劉辟、黃邵等，屯版梁，邵等夜襲太祖營，禁帥麾下擊破之，斬邵等，盡降其衆。遷平虜校尉。從圍橋蕤于苦，斬蕤等四將。從至宛，降張繡。繡復叛，太祖與戰不利，軍敗，還舞陰。是時軍亂，各間行求太祖①，禁獨勒所將數百人，且戰且引，雖有死傷不相離。虜追稍緩，禁徐整行隊，鳴鼓而還。未至

曹操興兵擊張繡

建安二年（公元一九七年），曹操部隊南征到達淯水，張繡率衆投降。後張繡失信偷襲曹操，曹操戰敗，長子曹昂被殺。曹操遂興兵擊退張繡，張繡退守穰城。

太祖所，道見十餘人被創裸走②，禁問其故，曰：「爲青州兵所劫。」初，黃巾降，號青州兵，太祖寬之，故敢因緣爲略。禁怒，令其衆曰：「青州兵同屬曹公，而還爲賊乎！」乃討之，數之以罪。青州兵遽走詣太祖自訴。禁既至，先立營壘，不時謁太祖③。或謂禁：「青州兵已訴君矣，宜促詣公辨之。」禁曰：「今賊在後，追至無時④，不先爲備，何以待敵？且公聰明，譖訴何緣⑤！」徐鑿塹安營訖，乃入謁，具陳其狀。太祖悅，謂禁曰：「淯水之難，吾其急也，將軍在亂能整，討暴堅壘，有不可動之節，雖古名將，何以加之！」于是錄禁前後功，封益壽亭侯。復從攻張繡于穰，禽呂布于下邳，別與史渙、曹仁攻眭固于射犬，破斬之。

注釋　①間行：擅自行動，私自行動。②被創裸走：身上有傷赤身逃走。③不時：指不及時。④追至無時：敵軍不知道什麼時候能追上。⑤譖訴：誣告。

譯文　于禁字文則，泰山郡鉅平人。黃巾軍起義時，鮑信召集衆人，于禁當時歸附于他。等到曹操做兗州牧時，于禁和他的同黨過來投奔他，並且擔任了隊長的職務，從屬將軍王朗統帥。王朗非常驚異于禁的才能，就把于禁推薦上去，認爲憑借他的才能可以出任大將軍。曹操召見了于禁並且和他交談，任命他爲軍司馬，讓他率軍前往徐州，攻打廣戚，攻陷了廣戚後，任命于禁爲陷陣都尉。跟隨曹操去濮陽征討呂布，在城南攻破了呂布的兩支部隊，另外又率軍在須昌打敗了高雅。跟隨曹操進攻壽張、定陶、離狐，在雍丘包圍了張超，把這些地方都攻破了。以後又隨着曹操討伐黃巾將領劉辟、黃邵等人，駐扎在版梁，黃邵深夜率軍偷襲曹操的營壘，于禁指揮手下的將士把他擊敗了，殺掉了黃邵等人，全部降伏了他的部下。于是于禁升爲平虜校尉。又跟隨曹操在苦縣包圍了橋蕤，于禁奮力斬臣松之以爲卒爲降虜，死加惡謚，宜哉。

殺了橋蕤等四位將領。于禁跟隨曹操向宛縣發起進攻，降服了張繡。不久，張繡又反叛，曹操與他交戰，戰爭失利，軍隊敗退，駐扎在舞陰。當時軍中非常混亂，各個部隊都擅自行動，回到曹操的所在地。衹有于禁能控制手下的數百名士兵，一邊作戰一邊後退，雖然有傷亡但是仍然沒有潰散，等到敵軍的追勢稍微減弱的時候，于禁慢慢地整頓隊伍，鳴鼓返回。還沒有到達曹操的駐地，就在路上遇上十多位士卒帶傷逃跑，于禁問他們原因，士卒說：「遭到了青州軍的搶劫。」起初，黄巾軍投降，號稱青州軍，曹操對他們很寬容，所以青州軍利用這點到處搶劫掠奪，于禁非常生氣，命令手下：「青州兵也屬于曹公統帥，又回去做强盗嗎？」于是率軍征討，列舉出他們的罪行，青州軍就趕快逃走前往曹操的營中控訴于禁。于禁率領隊伍趕到後，先修建營壘，沒有馬上拜見曹操。有人對于禁說：「青州兵已經在曹公面前告你的狀了，你應該迅速面見曹公爲自己辯解。」于禁回答說：「目前敵軍就在後面，說不定什麼時候就追上來了，如果事先不做好準備的話，用什麼來迎戰呢，而且曹公通達英明，誣告又有什麼用處呢？」于是從容地挖鑿戰壕，把軍隊安頓好之後才去拜見曹公，一一陳述了當時的情況。曹操非常高興，對于禁說：「淯水這場災難，我軍戰敗，形勢非常緊急，將軍您能在動亂中整治隊伍，討伐暴徒，加固營壘，有不可動搖的操守，即使古代的名將，又怎麼能超過你！」于是，綜合考慮了于禁前後的功勞，封爲益壽亭侯。于禁又跟隨曹操在穰縣向張繡發起進攻，在下邳擒拿了呂布，又另外率軍同史渙、曹仁一起在射犬進攻眭固，把他打敗並且殺了他。

原文

太祖初征袁紹，紹兵盛，禁願爲先登。太祖壯之，乃遣步卒二千人，使禁將，守延津以拒紹，太祖引軍還官渡。劉備以徐州叛，太祖東征之。紹攻禁，禁堅守，紹不能拔。復與樂進等將步騎五千，擊紹別營，從延津西南緣河至汲、獲嘉二縣，焚燒保聚三十餘屯，斬首獲生各數千，降紹將何茂、王摩等二十餘人。太祖復使禁別將屯原武，擊紹別營于杜氏津，破之。遷裨將軍，後從還官渡。太祖與紹連營，起土山相對。紹射營中，士卒多死傷，軍中懼。禁督守土山，力戰，氣益奮。紹破，遷偏將軍。冀州平。昌豨復叛，遣禁征之。禁急進攻豨；豨與禁有舊①，詣禁降。諸將皆以爲豨已降，當送詣太祖，禁曰：「諸君不知公常令乎！圍而後降者不赦。夫奉法行令，事上之節也。豨雖舊友，禁可失節乎！」自臨與豨決，隕涕而斬之。是時太祖軍淳于，聞而嘆曰：「豨降不詣吾而歸禁，豈非命耶！」益重禁。東海平，拜禁虎威將軍。後與臧霸等攻梅成，張遼、張郃等討陳蘭。禁到，成舉衆三千餘人降。既降復叛，其衆奔蘭。遼等與蘭相持，軍食少，禁運糧前後相屬，遼遂斬蘭、成。增邑二百戶，並前千二百戶。是時，禁與張遼、樂進、張郃、徐晃俱爲名將，太祖每征伐，咸遞行爲軍鋒②，還爲後拒；而禁持軍嚴整，得賊財物，無所私入，由是賞賜特重。然以法御下，不甚得士衆心。太祖常恨朱靈，欲奪其營。以禁有威重，遣禁將數十騎，齎令書③，徑詣靈營奪其軍，靈及其部衆莫敢動；乃以靈爲禁部下督，衆皆震服，其見憚如此④。遷左將軍，假節鉞，分邑五百戶，封一子列侯。

注釋

①有舊：有舊的交情。②遞：交替，依次更替。③齎：拿、持。④見憚：讓人畏懼，使人害怕。

譯文

曹操開始討伐袁紹時，袁紹的兵力非常強大，于禁願意擔任先鋒。曹操嘉獎他，派他率領兩千兵士固守延津以抵禦袁紹的進攻，曹操率領大軍返回官渡。劉備據守徐州發動叛變，曹操率軍東征，袁紹向于禁發起了猛烈的進攻，于禁率軍固守，袁紹不能攻破。于禁又和樂進等將領率領五千步騎兵，向袁紹另外的營壘發起了攻擊，從延津西南沿着黃河而上，到達汲縣和獲嘉縣，焚燒袁紹的三十餘處營壘，分別斬首且俘獲數千人，降服了袁紹的部將何茂、王摩等二十餘人。曹操又派于禁另外率領軍隊駐扎在原武，進攻袁紹在杜氏津的其他營地，攻占了這些營地。于禁升任裨將軍，後來跟隨曹操回到官渡。曹操和袁紹的軍營相連在一起，壘砌土山對峙。袁紹的部下向營中射箭，傷亡的士兵特別多，軍中非常驚恐。于禁督守土山，奮力拼戰，士氣更加振奮。打敗袁紹以後，于禁升任偏將軍。冀州被平定。昌豨再次叛亂，曹操派于禁前去討伐。于禁迅速前進，攻擊昌豨，昌豨過去和于禁有交情，前往于禁的軍營請求投降。諸將都認爲昌豨既然已經投降，就應該把他交給曹操處置，于禁說：「你們不知道曹公平時的命令嗎？包圍後再投降的人是不能被赦免的。遵守法令，是下屬服從上級應該具有的氣節。昌豨雖然是我舊時的朋友，但是我怎麼能失節啊！」于是親自同昌豨訣別，流着淚斬殺了他。這時曹操駐守在淳于，聽到這個消息後感嘆說：「昌豨不來我處投降而歸順了于禁，難道這不是命嗎？」于是更加器重于禁。東海平定以後，任命于禁爲虎威將軍。後來于禁和臧霸等將領進攻梅成，張遼、張郃等征討陳蘭。于禁的軍隊到達以後，梅成率領三千人投降。不久又反叛，率領隊伍投靠了陳蘭。張遼與陳蘭對峙，軍糧缺少，于禁接連不斷地運糧供應張遼的軍隊，因此張遼能斬殺陳蘭、梅成。曹操下令給于禁增加二百戶食邑，加上原來的食邑總共有一千二百戶食邑。這時，于禁與張遼、樂進、張郃、徐晃都是名將，曹操每次出征討伐的時候都交替任命他們爲先鋒，回來的時候則做後衛；而且于禁治軍非常嚴整，從敵人那裏繳獲來的財物，從來沒有私自占有，因此受到的賞賜也很多。然而于禁用法令軍紀來統帥部下，不很得士兵的心。曹操平時討厭朱靈，想削奪他的兵權。因爲于禁很有威嚴，就派遣于禁率領數十名騎兵，帶着曹操的命令，直接衝進朱靈的軍營奪取了他的兵權，朱靈和他的部下都不敢動；曹操就讓朱靈歸于禁統帥，大家都被他懾服了，于禁讓人害怕到了這種地步。升任爲左將軍，授予他假節鉞的加官，又分封給他五百戶食邑，把他的一個兒子封爲列侯。

原文

建安二十四年，太祖在長安，使曹仁討關羽于樊，又遣禁助仁。秋，大霖雨，漢水溢，平地水數丈，禁等七軍皆沒。禁與諸將登高望水，無所回避，羽乘大船就攻禁等，禁遂降，惟龐悳不屈節而死。太祖聞之，哀嘆者久之，曰：「吾知禁三十年，何意臨危處難，反不如龐悳邪！」會孫權禽羽，獲其衆，禁復在吳。文帝踐阼，權稱藩，遣禁還。帝引見禁，鬚髮皓白，形容憔悴，泣涕頓首。帝慰諭以荀林父、孟明視故事[1]，拜爲安遠將軍。欲遣使吳，先令北詣鄴謁高陵[2]。帝使豫于陵屋畫關羽戰克、龐悳憤怒、禁降服

曹丕

魏文帝曹丕，字子桓，魏武帝曹操與卞夫人的長子，三國時期著名的政治家、文學家，曹魏的開國皇帝，文武雙全，政績不凡。其因文學方面的成就而與曹操、曹植併稱爲「三曹」。

《漢晉春秋》曰：「郃說紹曰：『窋遣輕騎鈔絕其南，則兵自敗亦。』紹不從之。」

之狀。禁見，慚恚發病薨③。子圭嗣封益壽亭侯。謚禁曰厲侯。

注釋 ①慰諭：下詔慰問、曉諭。②高陵：曹操的墓名，在今天的河北漳縣西。③慚恚：慚愧怨恨。

譯文 建安二十四年（公元二一九年），太祖在長安，派遣曹仁到樊城討伐關羽，又派遣于禁援助曹仁。當時是秋天，連天都有暴雨，漢水猛漲，平地的積水有數丈深，于禁等七軍都遭到大水的淹沒。于禁與將領們登上高處眺望遠處的大水，沒有可以躲避的地方，關羽乘坐大船逼近並且攻擊于禁等人。于禁向關羽投降了，祇有龐悳不願意屈節投降被殺掉。曹操聽說這個消息後，哀嘆了很久，說：「我信任了于禁三十年，怎麼會想到，當他面臨危險遇上困難的時候反倒不如龐悳呢！」不久，孫權抓獲了關羽，得到了他的隊伍，于禁又到了吳國。曹丕登上帝位之後，孫權向他稱臣，就將于禁送還到了魏國。曹丕用荀林父、孟明視的故事來安慰于禁，任命他爲安遠將軍。準備派遣他出使吳國，先讓他到鄴縣拜謁曹操的陵墓。曹丕事先派人在陵屋畫好了關羽戰勝、龐悳發怒、于禁投降的圖畫，于禁看到後，悲憤交加發病身亡。他的兒子于圭繼承了益壽亭侯的封號。追封于禁爲厲侯。

張郃

張郃，字儁乂，河間郡鄚縣人。東漢末年曾經應徵討伐黃巾軍，擔任軍司馬，後歸順袁紹，升任至寧國中郎將。曹操與袁紹在官渡對峙，張郃向袁紹獻計未被采納，又遭郭圖誣陷，于是歸順曹操。並在曹操帳下多立功勛，于曹魏建立後加封爲征西車騎將軍。

原文 張郃字儁乂，河間鄚人也。漢末應募討黃巾，爲軍司馬，屬韓馥。馥敗，以兵歸袁紹。紹以郃爲校尉，使拒公孫瓚。瓚破，郃功多，遷寧國中郎將。太祖與袁紹相拒于官渡，紹遣將淳于瓊等督運屯烏巢，太祖自將急擊之。郃說紹曰：「曹公兵精，往必破瓊等；瓊等破，則將軍事去矣，宜急引兵救之。」郭圖曰：「郃計非也。不如攻其本營，勢必還，此爲不救而自解也。」郃曰：「曹公營固，攻之必不拔，若瓊等見禽，吾屬盡爲虜矣。」紹但遣輕騎救瓊，而以重兵攻太祖營，不能下。太祖果破瓊等，紹軍潰。圖慚，又更譖郃曰：「郃快軍敗①，出言不遜。」郃懼，乃歸太祖。

注釋 ①快軍敗：以我們軍失敗爲樂。

譯文 張郃字儁乂，河間郡鄚縣人。東漢末年曾經應徵討伐黃巾軍。擔任軍司馬，歸屬韓馥統帥，韓馥失敗後，率兵歸順了袁紹，袁紹任命張郃爲校尉，派他率軍抵抗公孫瓚。打敗公孫瓚，張郃的功勞最大，升任寧國中郎將。曹操與袁紹在官渡對峙，袁紹派將領淳于瓊等督運糧草，駐扎在烏巢，曹操親自率軍迅速向烏巢發起進攻，張郃勸説袁紹說：「曹公的兵非常精鋭，發動進攻的話一定會打敗淳于瓊等人；淳于瓊失敗的話您就會失敗，您應該迅速派兵援救淳于瓊。」郭圖說：「張郃的計策不可取，不如攻擊曹操的大本營，他們肯定會撤軍。淳于瓊等的危險就會不救而解。」張郃說：「曹操的大本營很堅固，如果進攻的話肯定不會取勝，如果淳于瓊等將領被捉住的話，我們也會全部成爲俘虜了。」袁紹衹派了少量的兵力去救助淳于瓊，而派重兵進攻曹操的大本營，沒有攻下。曹操果然打敗了淳于瓊等，袁紹的軍隊四處潰散。郭圖感到非常羞愧，又誣陷張郃說：「張郃看到我軍失敗了很高興，說的話非常不好聽。」張郃感到非常害怕，就歸順了曹操。

原文 太祖得郃甚喜，謂曰：「昔子胥不早寤①，自使身危，豈若微子去殷、韓信歸漢邪？」拜郃偏將軍，封都亭侯。授以衆，從攻鄴，拔之。又從擊袁譚于渤海，別將軍圍雍奴，大破之。從討柳城，與張遼俱爲軍鋒，以功遷平狄將軍。別征東萊，討管承，又與張遼討陳蘭、梅成等，破之。從破馬超、韓遂于渭南。圍安定，降楊秋。與夏侯淵討鄜賊梁興及武都氐。又破馬超，平宋建。太祖征張魯，先遣郃督諸軍討興和氐王竇茂②。太祖從散關入漢中，又先遣郃督步卒五千于前通路。至陽平，魯降，太祖還，留郃與夏侯淵等守漢中，拒劉備。郃別督諸軍，降巴東、巴西二郡，徙其民于漢中。進軍宕渠，爲備將張飛所拒，引還南鄭。拜蕩寇將軍。劉備屯陽平，郃屯廣石。備以精卒萬餘，分爲十部，夜急攻郃。郃率親兵搏戰，備不能克。其後備于走馬谷燒都圍，淵救火，從他道與備相遇，交戰，短兵接刃。淵遂沒，郃還陽平。當是時，新失元帥，恐爲備所乘，三軍皆

《魏略》曰：「劉備憚郃而易淵。及殺淵，備曰：『當得其魁，用此何爲邪！』」

張郃街亭絕汲

建興六年（公元二二八年），蜀相諸葛亮第一次北伐，馬謖守南山。張郃奉魏主之命救援隴右，他根據地勢及馬謖弱點，截斷其水源，在街亭大敗馬謖，迫使諸葛亮撤兵。

失色。淵司馬郭淮乃令衆曰：「張將軍，國家名將，劉備所憚；今日事急，非張將軍不能安也。」遂推郃爲軍主③。郃出，勒兵安陳，諸將皆受郃節度，衆心乃定。太祖在長安，遣使假郃節。太祖遂自至漢中，劉備保高山不敢戰。太祖乃引出漢中諸軍，郃還屯陳倉。

注釋

①寤：醒悟，覺悟。②興和氐：這裏指居住在河池一帶的氐人。③軍主：軍中的統帥。

譯文

曹操得到張郃非常高興，他對張郃說：「從前伍子胥沒有及早醒悟，斷送了自己的性命，怎麼能比得上微子離開殷商、韓信歸順漢朝啊？」任命張郃爲偏將軍，封爲都亭侯。給他兵力跟隨太祖進攻鄴縣，一舉攻克。又跟隨曹操在

渤海向袁譚發起進攻，張郃另外率軍討伐雍奴，大獲全勝。跟隨曹操圍攻柳城，與張遼一起擔任先鋒，因爲立功而升任爲平狄將軍。另外又率軍出征東萊，征討管承，又同張遼一起率軍討伐陳蘭、梅成等，打敗了他們。跟隨曹操在渭南打敗了馬超、韓遂。率軍圍攻安定，降服了楊秋。與夏侯淵一起討伐鄜縣的反賊梁興及駐守在武都的氐人。又打敗馬超，平定了宋建的叛亂。曹操率軍征伐張魯先派張郃督率諸軍討伐興和氐王竇茂。曹操從散關進駐關中，又派張郃督率五千人步卒在前面清掃道路，軍隊開到了陽平，張魯投降，曹操率軍返回，留下張郃與夏侯淵等堅守漢中地區，抵禦劉備。張郃另外還督率諸軍，降服了巴東、巴西兩個郡，將兩郡的百姓遷到漢中。軍隊進軍宕渠時，被劉備手下的大將張飛阻攔住，就撤軍回到南鄭。後被任命爲蕩寇將軍。劉備駐扎在陽平，張郃駐扎在廣石。劉備把萬名精銳士兵分爲十部，深夜對張郃發起了猛烈的進攻。張郃率領身邊的士卒奮力拼戰，劉備不能攻破他。後來劉備在走馬谷放火焚燒了曹操的營壘，夏侯淵前去救火。在另一條道上與劉備相遇，雙方展開了戰鬥，短兵相接，夏侯淵在戰鬥中戰死。張郃率軍返回陽平。當時，曹軍剛剛失去統帥夏侯淵，曹軍擔心劉備會趁機進攻，整個軍隊都很恐慌。夏侯淵屬下的軍司馬郭淮命令他的部下說：「張將軍是國

內的名將，劉備害怕他，現在軍情非常緊急，除了張將軍沒有人能夠穩定局勢。」于是就推薦張郃爲軍隊的統帥。張郃任職後，整治軍隊，部署陣地，諸將都聽從張郃的指揮，軍心才安定下來。曹操在長安，派遣使者授予張郃假節的加官。不久曹操就親自到了漢中，劉備據守高山不敢出來應戰，曹操率領漢中軍隊撤軍返回，張郃返回來駐扎在陳倉。

原文

文帝即王位，以郃爲左將軍，進爵都鄉侯。及踐阼，進封鄚侯。詔郃與曹真討安定盧水胡及東羌，召郃與真並朝許宮，遣南與夏侯尚擊江陵。郃別督諸軍渡江，取洲上屯塢。明帝即位，遣南屯荆州，與司馬宣王擊孫權別將劉阿等①，追至祁口，交戰，破之。諸葛亮出祁山。加郃位特進，遣督諸軍，拒亮將馬謖于街亭。謖依阻南山，不下據城。郃絕其汲道②，擊，大破之。南安、天水、安定郡反應亮，郃皆破平之。詔曰：「賊亮以巴蜀之衆，當虓虎之師。將軍被堅執銳③，所向克定，朕甚嘉之。益邑千戶，並前四千三百戶。」司馬宣王治水軍于荆州，欲順沔入江伐吳，詔郃督關中諸軍往受節度。至荆州，會冬水淺，大船不得行，乃還屯方城。諸葛亮復出，急攻陳倉，帝驛馬召郃到京都。帝自幸河南城，置酒送郃，遣南北軍士三萬及分遣武衛、虎賁使衛郃，因問郃曰：「遲將軍到，亮得無已得陳倉乎④！」郃知亮縣軍無穀，不能久攻，對曰：「比臣未到，亮已走矣；屈指計亮糧不至十日。」郃晨夜進至南鄭，亮退。詔郃還京都，拜征西車騎將軍。

馬謖失街亭

注釋

①別將：配合主力軍作戰的將領。②汲道：這裏指引水的渠道。③被堅執銳：身披盔甲，手拿鋒利的武器。④得無：該不會，莫非。

譯文

曹丕繼承王位後，任命張郃爲左將軍，封他都鄉侯的爵位。等到他正式登上帝位後，晉封張郃爲鄚侯，又下詔命令張郃和曹真攻討安定盧水胡和東羌，召張郃和曹真一起到許昌行宮朝見他，派他去南方與夏侯尚一起進攻江陵。張郃另外又督率諸軍渡過長江，攻占了百里洲上的土堡。曹睿即位後，派遣張郃駐扎在荆州，和司馬懿一起向孫權的部下劉阿等發起進攻，一直把他們追趕到祁口，兩軍交戰，劉阿被擊敗。諸葛亮出兵祁山，曹睿授予張郃特進的加官，讓他督率諸軍，在街亭襲擊諸葛亮的將領馬謖。馬謖憑借南山作爲險阻，不下山修築營壘。張郃斷絶了蜀軍的飲水渠道，出兵進攻，大破馬謖。南安、天水、安定郡都起來反叛響應諸葛亮，張郃分別擊敗了他們，平息了叛亂。曹睿下詔說：「諸葛亮率領巴蜀軍隊，與我們的咆哮之軍對峙，張將軍披着盔甲，手拿鋭器，凡是他們到達的地方立即就能平定。我非常贊賞他，給他增加一千戶食邑，加上原來的總共四千三百戶。」司馬懿在荆州整治水軍，想順着沔水駛入長江攻討吳國，曹睿下詔命令張郃督率關中諸軍前去接受司馬懿的指揮。到達荆州時，正是冬天水淺的時候，大船不能航行，就撤軍回來駐扎在方城。諸葛亮再次率軍出祁山，對陳倉發起了猛烈的攻擊，曹睿派遣驛馬徵召張郃到京都。曹睿親自到河南城，設酒宴送別張

郃，調遣三萬南北軍士歸張郃指揮，又分別派武衛、虎賁等近衛軍保護張郃，並問張郃：「等你到達前綫的時候，諸葛亮不會已經把陳倉攻陷了吧？」張郃知道諸葛亮孤軍深入，缺乏糧草，不能長久地發動進攻，就回答說：「等不到我趕到，諸葛亮就已經退兵了，屈指計算諸葛亮的糧草，用不到十天。」張郃連夜出發到南鄭，諸葛亮撤軍，曹睿下詔命令張郃返回京都，任命他爲征西車騎將軍。

原文

郃識變數，善處營陳，料戰勢地形，無不如計，自諸葛亮皆憚之。郃雖武將而愛樂儒士，嘗薦同鄉卑湛經明行修，詔曰：「昔祭遵爲將，奏置五經大夫，居軍中，與諸生雅歌投壺①。今將軍外勒戎旅，內存國朝。朕嘉將軍之意，今擢湛爲博士。」

諸葛亮復出祁山，詔郃督諸將西至略陽，亮還保祁山，郃追至木門，與亮軍交戰，飛矢中郃右膝②，薨，謚曰壯侯。子雄嗣。郃前後征伐有功，明帝分郃戶，封郃四子列侯。賜小子爵關內侯。

徐晃字公明，河東楊人也。爲郡吏，從車騎將軍楊奉討賊有功，拜騎

《魏略》曰：「蜀軍乘高布伏，弓弩亂發，矢中郃髀。」

張郃右膝中箭

建興九年（公元二三一年），諸葛亮第四次北伐，張郃隨司馬懿前往拒敵。諸葛亮糧盡退兵，張郃追到木門，交戰之際，張郃被飛矢射中右膝，死亡，被謚爲壯侯。

都尉。李傕、郭汜之亂長安也，晃說奉，令與天子還洛陽，奉從其計。天子渡河至安邑，封晃都亭侯。及到洛陽，韓暹、董承日爭鬥，晃說奉令歸太祖；奉欲從之，後悔。太祖討奉于梁，晃遂歸太祖。

注釋

①投壺：古人玩的游戲，設置一個特製的壺，賓主依次把矢投在裏面，中得多的人取勝。②飛矢：飛來的亂箭。

譯文

張郃通曉事物發展變化的規律，擅于擺設陣營，預測戰爭形勢和地形，沒有一個不符合當時的計劃的，連諸葛亮都怕他。張郃雖然是武將，卻喜愛儒士，曾推舉過通曉詩書而且德行出衆的同鄉卑湛，曹睿下詔書說：「當年祭遵爲將軍的時候，曾經上奏請求在軍旅中設置五經大夫，同儒生們唱《雅》詩、投壺。現在將軍在外面統帥諸軍，心中仍然想念着國家，我贊賞將軍的忠心，現在提拔卑湛爲博士。」

諸葛亮再次率領軍隊出祁山，曹睿下詔命令張郃督率諸將向西出發到達略陽，諸葛亮撤軍返回據守在祁山，張郃追到木門，與諸葛亮在此地交戰，飛箭射中了張郃的右膝，張郃去世，謚號爲壯侯。他的兒子張雄繼承了他的封號。張郃前後征伐多有戰功，曹睿把張郃的食邑分封給他的兒子，封他的四個兒子列侯，賜予他的小兒子關內侯的爵號。

徐晃字公明，河東郡楊縣人。擔任過郡吏，後來跟隨車騎將軍楊奉討伐叛賊有功，被任命爲騎都尉。李傕、郭汜在長安發動叛亂的時候，徐晃勸說楊奉，同漢獻帝一起返回洛陽，楊奉就采納了他的建議。漢獻帝渡河到了安邑，封徐晃爲都亭侯。等他到了洛陽，韓暹、董承天天都在爭鬥，徐晃勸說楊奉歸順曹操；楊奉聽從了他的意見，不久又反悔。曹操率領軍隊前往梁郡討伐楊奉，徐晃就歸順了曹操。

原文

太祖授晃兵，使擊卷、原武賊，破之，拜裨將軍。從征呂布，臣松之云：「案晃于時未應稱臣，傳寫者誤也。」

別降布將趙庶、李鄒等。與史渙斬眭固于河內。從破劉備，又從破顏良，拔白馬，進至延津，破文醜，拜偏將軍。與曹洪擊㶏彊賊祝臂，破之，又與史渙擊袁紹運車于故市，功最多，封都亭侯。太祖既圍鄴，破邯鄲，易陽令韓範僞以城降而拒守，太祖遣晃攻之。晃至，飛矢城中，爲陳成敗。範悔，晃輒降之。既而言于太祖曰：「二袁未破，諸城未下者傾耳而聽，今日滅易陽，明日皆以死守，恐河北無定時也①。願公降易陽以示諸城，則莫不望風。」太祖善之。別討毛城，設伏兵掩擊②，破三屯。從破袁譚于南皮，討平原叛賊，克之。從征蹋頓，拜橫野將軍。從征荆州，別屯樊，討中廬、臨沮、宜城賊。又與滿寵討關羽于漢津，與曹仁擊周瑜于江陵。十五年，討太原反者，圍大陵，拔之，斬賊帥商曜。韓遂、馬超等反關右，遣晃屯汾陰以撫河東，賜牛酒，令上先人墓。太祖至潼關，恐不得渡，召問晃。晃曰：「公盛兵于此，而賊不復別守蒲阪，知其無謀也。今假臣精兵渡蒲阪津③，爲軍先置，以截其裏，賊可擒也。」太祖曰：「善。」使晃以步騎四千人渡津。作塹柵未成，賊梁興夜將步騎五千餘人攻晃，晃擊走之，太祖軍得渡。遂破超等，使晃與夏侯淵平隃麋、汧諸氏，與太祖會安定。太祖還鄴，使晃與夏侯淵平鄜、夏陽餘賊，斬梁興，降三千餘戶。從征張魯。別遣晃討攻櫝、仇夷諸山氏，皆降之。遷平寇將軍。解將軍張順圍。擊賊陳福等三十餘屯，皆破之。

曹操平定漢中地

建安十七年（公元二一二年），曹操派徐晃與夏侯淵平隃麋、鄜、夏陽，斬殺梁興，降三千餘戶。後徐晃隨曹操征討張魯。此戰中，徐晃解將軍張順之圍，擊破陳福等三十餘屯。

注釋

①定時：安定的時候。②掩擊：埋伏起來突然進行襲擊。③假：給予，贈予。

譯文

曹操給徐晃兵馬，派遣他攻打卷縣和原武的反賊，徐晃擊敗了他們，于是曹操任命徐晃爲裨將軍。徐晃又跟隨曹操討伐呂布，另外又降服了呂布手下的趙庶、李鄒等將領。後來同史渙一起在河內殺了眭固。接着徐晃又跟隨曹操打敗了劉備，隨即又擊敗了袁紹手下的大將顏良，攻占了白馬城，發兵到延津，打敗了袁紹手下的另一名大將文醜，徐晃升任爲偏將軍。徐晃與曹洪一起打敗了㶏彊的賊軍祝臂，又同史渙一起在故市抄襲了袁紹的糧車，功勞最大，被封爲都亭侯。曹操已經包圍了鄴城，攻克了邯鄲，易陽縣令韓範假裝舉城投降而拒守，曹操派遣徐晃率軍攻擊。徐晃到達易陽，向城中射箭傳送書信，對韓範陳述成敗和得失。韓範悔悟，徐晃就招降了他。後來徐晃向曹操稟告：「二袁還沒有被消滅，那些沒有被我軍攻占的城池都在側着耳朵聽取外面的動靜，今天攻占了易陽，明天他們就會拼死據守，恐怕河北沒有平定的時候了。希望您招降易陽以向其他城池明示，他們都會望風投降的。」曹操認爲他的主意很好。徐晃又另外率軍進攻毛城，在途中設下伏兵突然進行了襲擊，攻占了三屯。徐晃跟隨曹操在南皮戰勝了袁譚，平息了平原諸縣的叛亂。接着又跟隨曹操出征烏桓蹋頓，升任横野將軍，又跟隨曹操向南征討荆州，另外率軍駐扎在樊城，討伐中廬、臨沮、宜城的賊軍。又與滿寵一起在漢津討伐關羽，與曹仁一起在江陵攻打周瑜。建安十五年，徐晃率軍討伐太原的叛軍，包圍大陵縣，迅速攻占了它們，並殺了叛軍首領商曜。韓遂、馬超在關右發動叛亂，曹操派遣徐晃駐扎在汾陰以安撫河東地區，賜給他牛酒，讓他去祖先的墓地祭祀祖先。曹操率軍到了潼關，擔心沒有辦法渡過黄河，召見徐晃向他徵求意見。徐晃說：「您的大兵駐扎在這裏，而敵軍不再堅守蒲坂，由此可見，敵軍缺乏智謀，現在如果您給我精兵渡過蒲坂津，作爲大軍的先鋒部隊，從後面截擊敵軍，我們就可以俘獲敵軍了。」曹操說：「好。」于是徐晃率步騎四千人渡過蒲坂津，還沒有修好工事的時候，敵將梁興率五千步騎向徐晃發起進攻，徐晃打敗了他們，曹操的大軍才能夠渡過黄河。于是擊敗了馬超等人。曹操又派徐晃和夏侯淵一起率軍平定了隃麋、汧縣各地的氐族，與曹操在安定會師。曹操還師回到鄴城，派徐晃和夏侯淵繼續平定鄜縣、夏陽一帶的殘餘敵軍，殺掉敵軍首領梁興，降服三千餘戶，徐晃跟隨曹操征討張魯。另外派徐晃率軍討伐櫝、仇夷一帶的山氐族，全部降服了他們。徐晃升任平寇將軍。同時解除了將軍張順的困境。進攻陳福等三十餘屯，全部攻克。

原文

太祖還鄴，留晃與夏侯淵拒劉備于陽平。備遣陳式等十餘營絕馬鳴閣道，晃別征破之，賊自投山谷，多死者。太祖聞，甚喜，假晃節，令曰：「此閣道，漢中之險要咽喉也。劉備欲斷絕外內，以取漢中。將軍一舉，克奪賊計，善之善者也。」太祖遂自至陽平，引出漢中諸軍。復遣晃助曹仁討關羽，屯宛。會漢水暴溢，于禁等沒。羽圍仁于樊，又圍將軍呂常于襄陽。晃所將多新卒，以羽難與爭鋒，遂前至陽陵陂屯。太祖復還，遣將軍徐商、呂建等詣晃，令曰：「須兵馬集至，乃俱前。」賊屯偃城。晃到，詭道作都塹，示欲截其後①，賊燒屯走。晃得偃城，兩面連營，稍前，去賊圍三丈所。未攻，太祖前後遣殷署、朱蓋等凡十二營詣晃。賊圍頭有屯，又別屯四冢。晃揚聲當攻圍頭屯，而密攻四冢。羽見四冢欲壞，自將步騎五千出戰，晃擊之，退走，遂追陷與俱入圍②，破之，或自投沔水死。太祖令曰：「賊圍塹鹿角十重，將軍致戰全勝，遂陷賊圍，多斬首虜。吾用兵三十餘年，及所聞古之善用兵者，未有長驅徑入敵圍者也。且樊、襄陽之在圍，過于莒、即墨，將軍之功，逾孫武、穰苴。」晃振旅還摩陂，太祖迎晃七里，置酒大會。太祖舉卮酒勸晃，且勞之曰：「全樊、襄陽，將軍之功也。」時諸軍皆集，太祖案行諸營③，士卒咸離陳觀④，而晃軍營整齊，將士駐陳不動。太祖歎曰：「徐將軍可謂有周亞夫之風矣。」

注釋　①示：在這裏指公開揚言。②與俱入圍：意思是同關羽的軍隊一起進入蜀軍的軍營。③案行：巡視，視察。④咸離陳觀：都離開自己的隊伍觀看。陳，通「陣」。

譯文　曹操率領大軍返回鄴城，留下徐晃和夏侯淵駐守在陽平抵禦劉備的進攻。劉備派遣陳式等十餘營的兵力斷絕了馬鳴閣道，徐晃另外率軍打敗了他們，蜀軍自己跌入山谷，死傷很多。曹操聽到這個消息後，非常高興，授予徐晃假節的加官，下命令說：「這個閣道是漢中地區的險要咽喉。劉備想斷絕我軍的內外聯繫，以占據漢中。將軍的這一行動，打破了劉備的如意算盤，真是太好了！」曹操親自到陽平，率領漢中諸軍返回鄴城。又派遣徐晃協助曹仁征伐關羽，駐扎在宛城，這時漢水暴漲，于禁全軍覆沒。關羽將曹仁圍困在樊城，又把呂常圍困在襄陽。徐晃所率領的部隊大多是新兵，認爲難以與關羽相抗衡，于是率軍前行到陽陵陂駐扎了下來。曹操再次返回，派將軍徐商、呂建前去協助徐晃，傳令說：「等兵馬都趕到後再一起進軍。」蜀軍駐扎在偃城，徐晃率軍趕到後秘密挖掘壕溝，表示要截斷蜀軍的後路，蜀軍燒了軍營撤回。徐晃占領了偃城，兩面連營，緩緩前進，離蜀軍的營地衹有三丈左右的距離。徐晃沒有進攻，曹操先後派殷署、朱蓋等十二營軍前往徐晃那裏援助他。蜀軍在圍頭駐扎着軍隊，又另外駐軍四冢。徐晃揚言進攻圍頭屯，但是卻秘密進攻四冢。關羽看到四冢即將被攻占，親自率領五千步騎迎戰，徐晃迅速進攻，蜀軍退走，徐晃率領軍隊追擊，同關羽一起進入蜀軍的軍營，突出了蜀軍的包圍，有的蜀軍自投沔水而死。曹操下令說：「敵軍營區的防禦工程多達十重，將軍進入敵陣而大獲全勝，攻占敵軍的營壘，斬殺敵軍首級。我用兵三十多年，連同我聽說的古代善于用兵的人，也沒有人像將軍這樣長驅直入敵人的包圍圈的。何況樊城、襄陽被圍困的程度，超過了當年的莒縣、即墨，將軍的功勞，也超過了孫武和司馬穰苴。」徐晃整頓完軍隊後返回摩陂，曹操親自出城七里迎接徐晃，設宴席爲他慶功。曹操舉着酒杯勸勉徐晃，且慰勞他說：「保住樊城、襄陽是將軍的功勞。」當時諸軍都集結在摩陂，曹操巡視各軍的軍營，士兵們都離開陣地觀看，但是徐晃的軍營卻整齊有序，將士駐守陣地不動。曹操感嘆着說：「徐將軍可以說有周亞夫的風度啊！」

徐晃

徐晃，字公明，謚壯侯，曹操麾下「五子良將」之一。參加過多次重大戰役，智勇雙全，戰功卓著，治軍有方，一生忠于魏主。曹操稱贊徐晃：「徐將軍可謂有周亞夫之風矣。」

原文

文帝即王位，以晃爲右將軍，進封逯鄉侯。及踐阼，進封楊侯。與夏侯尚討劉備于上庸，破之。以晃鎮陽平，徙封陽平侯。明帝即位，拒吳將諸葛瑾于襄陽。增邑二百，并前三千一百戶。病篤，遺令斂以時服。

性儉約畏慎①，將軍常遠斥候②，先爲不可勝，然後戰，追奔爭利，士不暇食③。常嘆曰：「古人患不遭明君，今幸遇之，常以功自效，何用私譽爲！」終不廣交援。太和元年薨，謚曰壯侯。子蓋嗣。蓋薨，子霸嗣。

明帝分晃戶，封晃子孫二人列侯。

注釋 ①畏慎：沉穩謹慎。②斥候：這裏指偵查人員。斥，偵查；候，觀望。③暇：空閑的時間。

譯文 魏文帝即王位後，任命徐晃爲右將軍，晉封他爲逯鄉侯。曹丕正式登上帝位後，又進封徐晃爲楊侯。與夏侯尚一起在上庸征伐劉備，打敗蜀軍。曹丕任命徐晃鎮守陽平，改封他爲陽平侯。曹睿即位後，派遣徐晃在襄陽抵禦吳國的將領諸葛瑾，給他增加二百戶食邑，加上原來的食邑總共有三千一百戶。徐晃病危的時候留下了遺言，讓人用合乎時令的便服殯殮。

徐晃生性穩重謹慎，率軍作戰的時候常常遠遠地派出偵查人員，先做難以取勝的打算，然後再投入戰鬥。追擊奔跑以爭取勝利，士兵們常常沒有時間吃飯。徐晃經常感嘆說：「古人都擔心不能遇上賢明的君主，現在我很幸運地遇上了，應該立功報效君主，爲什麼要在乎個人的榮譽呢？」他一生都不喜歡廣交朋黨，攀附權貴。徐晃在太和元年去世，謚號爲壯侯。他的兒子徐蓋繼承了他的封號，徐蓋死後，他的兒子徐霸繼承封號。明帝分了徐晃的家，把徐晃的兒子、孫子分別封侯。

曹操大宴羣臣良將

程昱 曹操 張郃 許褚 張遼

原文 初，清河朱靈爲袁紹將。太祖之征陶謙，紹使靈督三營助太祖，戰有功。紹所遣諸將各罷歸，靈曰：「靈觀人多矣，無若曹公者，此乃真明主也。今已遇，復何之？」遂留不去。所將士卒慕之，皆隨靈留。靈後遂爲好將，名亞晃等，至後將軍，封高唐亭侯。

評曰：太祖建茲武功，而時之良將，五子爲先①。于禁最號毅重②，然弗克其終。張郃以巧變爲稱，樂進以驍果顯名，而鑒其行事③，未副所聞。或注記有遺漏④，未如張遼、徐晃之備詳也。

注釋 ①五子：這裏指張遼、樂進、于禁、張郃、徐晃五個人。②毅重：堅毅而受人尊重。③鑒：考察。④注記：記録，記載。

譯文 當初，清河人朱靈是袁紹的部下。曹操征討陶謙，袁紹派遣朱靈督率三營來協助曹操，戰鬥有功，袁紹派遣的將領都收兵返回，朱靈説：「我觀察過很多人，没有比得上曹公的人，他才是眞正賢明的君主。現在我已經遇上賢主，我還要去哪呢？」就留下不走了。朱靈率領的士兵都信任朱靈，全都跟隨他留下。朱靈後來也是一名好的將軍，名聲僅僅次于徐晃等人，官位至後將軍，被封爲高唐亭侯。

評論説：曹操建立這樣赫赫戰功，在當時的良將中，這五個人應該列在前面。于禁稱得上果敢堅毅，但是不能善終。張郃以機靈善變著稱，樂進因驍勇果敢而聞名于世，但是，考察所記載的事跡後，發現與聽到的兩個人的名聲不相符合。或者説是記述不完整，有遺漏，不如張遼、徐晃的事跡全面周詳。

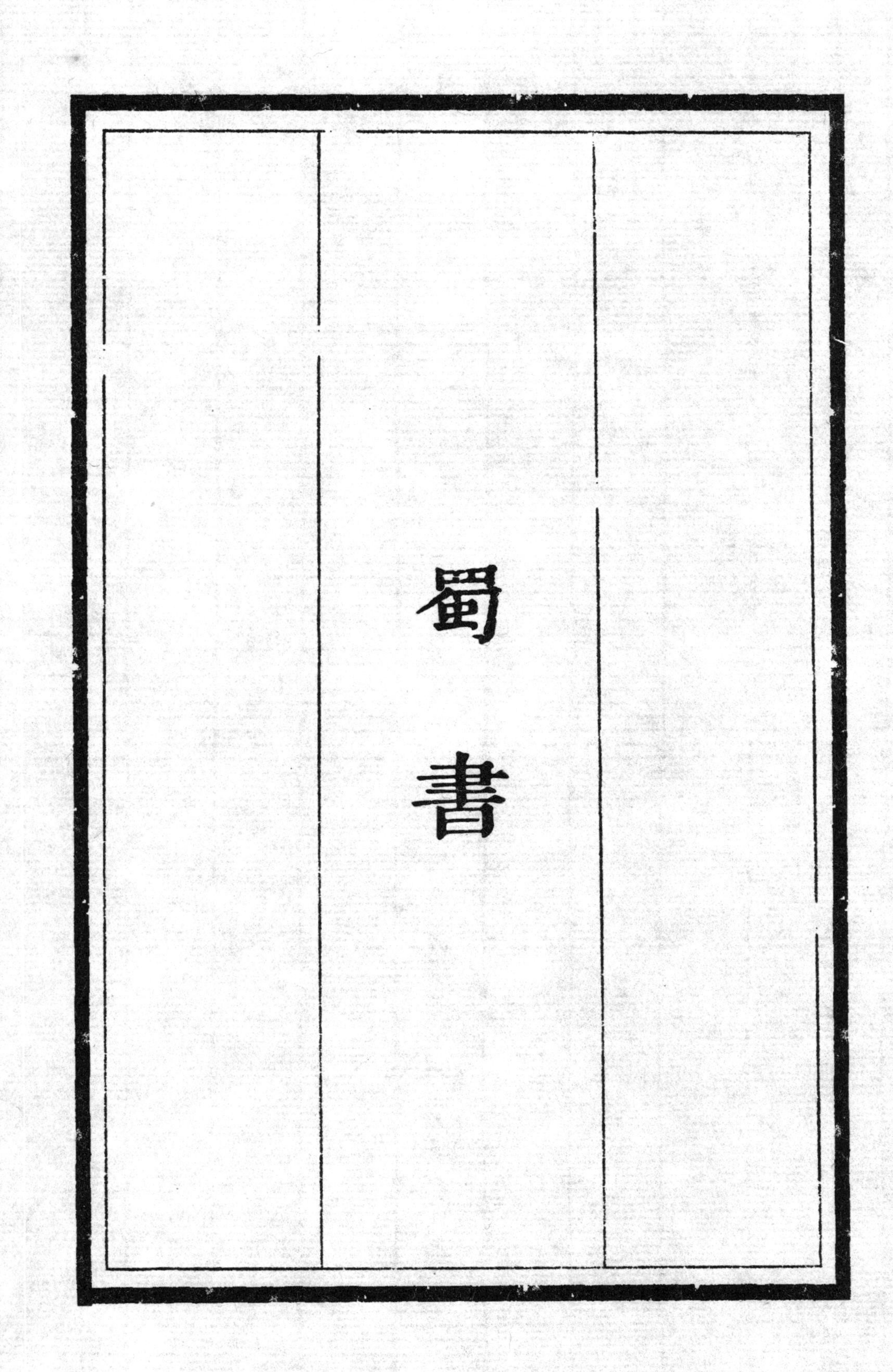

蜀書

《典略》曰：「備本臨邑侯枝屬也。」

《漢晉春秋》曰：「涿人李定云：『此家必出貴人。』」

先主傳

原文　先主姓劉，諱備，字玄德，涿郡涿縣人，漢景帝子中山靖王勝之後也①。勝子貞，元狩六年封涿縣陸城亭侯，坐酎金失侯，因家焉。先主祖雄，父弘，世仕州郡。雄舉孝廉②，官至東郡范令。

先主少孤，與母販履織席爲業。舍東南角籬上有桑樹生高五丈餘，遙望見童童如小車蓋③，往來者皆怪此樹非凡，或謂當出貴人。

先主少時，與宗中諸小兒于樹下戲，言：「吾必當乘此羽葆蓋車。」叔父子敬謂曰：「汝勿妄語，滅吾門也！」年十五，母使行學，與同宗劉德然、遼西公孫瓚俱事故九江太守同郡盧植。德然父元起常資給先主，與德然等。元起妻曰：「各自一家，何能常爾邪④！」起曰：「吾宗中有此兒，非常人也。」而瓚深與先主相友。瓚年長，先主以兄事之。先主不甚樂讀書，喜狗馬、音樂、美衣服。身長七尺五寸，垂手下膝，顧自見其耳⑤。少語言，善下人，喜怒不形于色。好交結豪俠，年少爭附之。中山大商張世平、蘇雙等貲累千金，販馬周旋于涿郡，見而異之，乃多與之金財。先主由是得用合徒衆。

劉備

劉備，蜀漢開國皇帝，相傳爲漢景帝之子中山靖王劉勝之後。劉備少年喪父，與母親販鞋織草席爲生。黃巾起義時，劉備組織義兵，後聯吳抗曹，占領漢中，建立蜀漢政權。

注釋　①後：後代。②孝廉：漢代選拔官吏的科目之一，由各郡國在所屬的吏民中選舉。③童童：覆蓋的樣子。④爾：這樣。⑤顧：回頭看。

譯文　先主姓劉，名備，字玄德，涿郡涿縣人，是漢景帝的兒子中山靖王劉勝的後代。劉勝兒子劉貞，元狩六年（公元前一一七年）被封爲涿縣陸城亭侯，由于給朝廷交的酎金不足而被免去了侯位，從此就住在涿縣。劉備的祖父劉雄、父親劉弘，相繼在州郡做官。劉雄曾被推舉爲孝廉，官做到東郡范縣令。

劉備很小父親就死了，和母親靠賣鞋織席子爲生。他家東南角的籬笆旁邊有一棵桑樹，長了五丈多高，遠處望去鬱鬱葱葱，好像小車上的傘蓋。路過的人都爲這棵樹與衆不同而驚訝，有的就説應該有貴人出現。

劉備幼時，和同宗族的孩子們在樹下玩耍，説：「我一定會坐上有這樣的羽毛傘蓋的車子。」他叔父劉子敬對他説：「你不要胡説，這會讓我們滿門滅絶的。」十五歲時，劉備的母親讓他外出學習，和同族的劉德然、遼西人公孫瓚一同拜前任九江太守、同郡人盧植爲師。劉德然的父親劉元起經常資助劉備，給他的財物和給劉德然的一樣。劉元起的妻子説：「各自有各自的家，怎麼能經常這樣呢？」劉元起説：「我們家族中有這樣的孩子，他不是一般的人啊。」公孫瓚也和劉備非常友好。公孫瓚年齡大，劉備把他當作哥哥一樣地侍奉。劉備不大喜愛讀書，喜好狗、馬、音樂和漂亮的衣服。他身高七尺五寸，手垂放下來可以超過膝蓋，眼睛可以看到自己的耳朵。他很少説話，善于表現得謙虚低下，喜怒不在臉上表現出來；他喜好和豪俠結交，少年人都爭着追隨他。中山的大商人張世平、蘇雙等人積聚有幾千金的家財，販賣馬匹，往來于涿郡一帶，見到劉備後，認爲他非同一般，就給他很多錢財。劉備因此得以用錢聚集了人馬隨從。

《英雄記》云：「會靈帝崩，天下大亂，備亦起軍從討董卓。」

原文 靈帝末，黄巾起，州郡各舉義兵，先主率其屬從校尉鄒靖討黄巾賊有功①，除安喜尉②。督郵以公事到縣，先主求謁③，不通，直入縛督郵，杖二百，解綬繫其頸著馬枊，棄官亡命④。頃之，大將軍何進遣都尉毌丘毅詣丹楊募兵⑤，先主與俱行，至下邳遇賊，力戰有功，除爲下密丞。復去官。後爲高唐尉，遷爲令。爲賊所破，往奔中郎將公孫瓚，瓚表爲別部司馬，使與青州刺史田楷以拒冀州牧袁紹。數有戰功，試守平原令，後領平原相。郡民劉平素輕先主，恥爲之下，使客刺之。客不忍刺，語之而去。其得人心如此。

注釋 ①黄巾賊：黄巾起義的部隊。②除：授予官職。③求謁：請求拜見。④棄官亡命：放棄做官，保全性命。⑤募兵：招募軍隊。

譯文 漢靈帝末年黄巾軍起義，各個州郡都組織義兵。劉備率領他的部屬跟隨校尉鄒靖討伐黄巾

軍有功，被任命爲安喜尉。督郵爲了公事到縣裏來，劉備請求拜見，督郵不讓通報。劉備就一直衝進去把督郵綁起來，打了二百棒，解下自己的官印綬帶繫在督郵脖子上，把他綁到拴馬樁上，棄官而逃。不久，大將軍何進派遣都尉毌丘毅到丹楊郡去徵募軍隊。劉備和他一起出發。到了下邳時遇到賊軍，劉備奮勇作戰有功，被任命爲下密丞。不久劉備又辭去了這個官職。後來劉備又任高唐尉，還升爲縣令。他被賊軍打敗後，去投奔中郎將公孫瓚，公孫瓚上表，任命劉備做別部司馬，讓他和青州刺史田楷去抵擋冀州牧袁紹。劉備多次立有戰功，代理平原令，後來兼任平原國相。郡裏的居民劉平一向輕視劉備，因在劉備管轄下感到恥辱，派賓客去刺殺劉備。賓客不忍心刺死他，對他坦白後就離開了。劉備得人心達到如此程度。

原文

袁紹攻公孫瓚，先主與田楷東屯齊。曹公征徐州，徐州牧陶謙遣使告急于田楷，楷與先主俱救之。時先主自有兵千餘人及幽州烏丸雜胡騎，又略得飢民數千人。既到，謙以丹楊兵四千益先主，先主遂去楷歸謙。謙表先主爲豫州刺史，屯小沛。謙病篤，謂別駕麋竺曰：「非劉備不能安此州也。」謙死，竺率州人迎先主，先主未敢當。下邳陳登謂先主曰：「今漢室陵遲[1]，海內傾覆，立功立事，在于今日。彼州殷富[2]，戶口百萬，欲屈使君撫臨州事[3]。」先主曰：「袁公路近在壽春，此君四世五公[4]，海內所歸，君可以州與之。」登曰：「公路驕豪，非治亂之主。今欲爲使君合步騎十萬，上可以匡主濟民[5]，成五霸之業；下可以割地守境，書功于竹帛。若使君不見聽許，登亦未敢聽使君也。」北海相孔融謂先主曰：「袁公路豈憂國忘家者邪？塚中枯骨，何足介意。今日之事，百姓與能；天與不取，悔不可追。」先主遂領徐州。

陶恭祖三讓徐州

徐州牧陶謙被曹操征討，在劉備的幫助下，化險爲夷。陶謙病重時，對別駕糜竺說：「非劉備不能安此州也！」陶謙死後，糜竺率領衆人迎接劉備做徐州牧，但是劉備不敢接受，再三推辭。後在陳登的勸說下，才勉强答應。

袁術來攻先主，先主拒之于盱眙、淮陰。曹公表先主爲鎮東將軍，封宜城亭侯，是歲建安元年也。先主與術相持經月，呂布乘虛襲下邳。下邳守將曹豹反，間迎布。布虜先主妻子，先主轉軍海西。楊奉、韓暹寇徐、揚間，先主邀擊，盡斬之。先主求和于呂布，布還其妻子。先主遣關羽守下邳。

注釋 ①陵遲：斜平，引申爲衰退。②殷富：殷實富有。③撫臨：主持。④四世五公：袁紹一家人四代裏有五個人居三公的位置。⑤匡主濟民：輔佐君主，撫恤民衆。

譯文 袁紹攻打公孫瓚，劉備和田楷向東駐扎在齊地。曹操征討徐州，徐州牧陶謙派使節向田楷告急。田楷和劉備一同去救陶謙。當時劉備自己有一千多士兵以及幽州的烏丸和其他各族胡人的騎兵，又搶來了幾千名飢民。到了徐州後，陶謙撥出四千名丹楊士兵補充劉備的軍隊。劉備就離開田楷去歸附陶謙。陶謙上奏章，任命劉備爲豫州刺史，駐扎在小沛。陶謙病重時，對別駕糜竺說：「沒有劉備就不能安定徐州。」陶謙死後，糜竺率領州里的人去迎接劉備，劉備不敢接受。下邳人陳登對劉備說：「現在漢朝衰弱，四海之內政權都被顛覆，建立功業就在今天。徐州殷實富裕，有上百萬戶人口，想要委屈您去執掌州里的政務。」劉備說：「袁術近在壽春，他家四代人中有五位做到三公之位，海內人心都歸向他。您可以把徐州送給他。」陳登說：「袁術驕橫狂妄，不是治理亂世的豪傑。現在準備給您會合十萬步兵、騎兵，上可以扶正天子拯救民衆，成就春秋五霸那樣的功業；下可以割據一方土地，守住州境，在史冊上記錄下功勛。如果您不答應，我也不敢依從您的做法。」北海相孔融對劉備說：「袁術難道是個憂國憂民、爲國忘家的人嗎？他是墳墓中的幾根枯骨罷了，不用在乎他。今天的事是百姓把徐州交給能人；上天給予的東西不去取，後悔也來不及了。」于是劉備就代理徐州牧。

袁術來攻打劉備，劉備在盱眙、淮陰抵擋。曹操上奏章任命劉備做鎮東將軍，封他爲宜城亭侯，董承，漢靈帝母董太后之侄。

《華陽國誌》云：正當雷震，備曰：「聖人云『迅雷風烈必變』，良有以也。」

這一年是建安元年（公元一九六年）。劉備和袁術對峙了幾個月。呂布乘虛襲擊了下邳。下邳的守將曹豹造反，開門迎接呂布。呂布俘虜了劉備的妻小，劉備領兵轉到海西。楊奉、韓暹侵犯徐州、揚州一帶，劉備去截擊他們，把他們都殺了。劉備向呂布求和，呂布把他的妻小還給了他。劉備派關羽去守衛下邳。

原文

先主還小沛，復合兵得萬餘人。呂布惡之①，自出兵攻先主，先主敗走歸曹公。曹公厚遇之，以爲豫州牧。將至沛收散卒，給其軍糧，益與兵使東擊布。布遣高順攻之②，曹公遣夏侯惇往，不能救，爲順所敗，復虜先主妻子送布。曹公自出東征，助先主圍布于下邳，生禽布。先主復得妻子，從曹公還許③。表先主爲左將軍，禮之愈重，出則同輿，坐則同席。袁術欲經徐州北就袁紹，曹公遣先主督朱靈、路招要擊術④。未至，術病死。

先主未出時，獻帝舅車騎將軍董承辭受帝衣帶中密詔⑤，當誅曹公。先主未發。是時曹公從容謂先主曰：「今天下英雄，唯使君與操耳。本初之徒，不足數也。」先主方食，失匕箸。遂與承及長水校尉种輯、將軍吳子蘭、王子服等同謀。會見使，未發。事覺，承等皆伏誅。

注釋

①惡：憎恨。②高順：人名，是呂布的中郎將。③從：跟隨。④路招：人名，是將軍。要擊：半路上伏擊。⑤辭：拒絕接受。

譯文

劉備回到小沛，又聚集了一萬多名士兵。呂布對此很不滿，親自領兵攻打劉備，劉備打敗了，逃去歸附曹操。曹操厚待劉備，任命他做豫州牧。劉備想去沛縣收集失散的士兵，曹操供給劉備軍糧，還給他增加士兵，讓他東進去攻打

曹操煮酒論英雄

劉備歸曹操後，漢獻帝舅舅董承受帝衣袋中密詔，要誅曹公，要劉備響應。劉備未作表示，與曹操吃飯席間，曹操說：「今天下英雄，唯使君與操耳。」劉備驚嚇地將筷子掉落地下，恰逢打雷，于是推說膽小，騙過曹公。

《魏書》曰：「備歸紹，紹父子傾心敬重。」

呂布。呂布派遣高順去攻打劉備，曹操派夏侯惇去救援，沒救成，被高順打敗。高順又把劉備的妻小俘虜，送給呂布。曹操親自出兵東征，幫助劉備在下邳包圍了呂布，將呂布活捉，劉備再次得到妻小，跟着曹操回到許都。曹操表奏劉備做左將軍，對他的禮遇更加優厚。兩人出門就乘同一輛車，在家就坐同一張席。袁術想要經過徐州向北去依附袁紹，曹操派劉備統領朱靈、路招截擊袁術。軍隊還沒有到，袁術就病死了。

劉備還沒有出發時，漢獻帝的舅舅車騎將軍董承說他承受了皇帝藏在衣帶中的密詔，要誅滅曹操。劉備沒有行動。有一次曹操似乎不經意地對劉備說：「現在天下的英雄，衹有您和我而已。袁紹那些人，不值得一提。」劉備正在吃飯，聽到這話，嚇得丟下了筷子和湯勺。劉備就和董承及長水校尉种輯、將軍吳子蘭、王子服等人共同謀劃。正趕上劉備被派出去，就沒有發動。後來事情敗露，董承等人全都被殺死。

原文

先主據下邳。靈等還①，先主乃殺徐州刺史車胄，留關羽守下邳，而身還小沛。東海昌霸反，郡縣多叛曹公爲先主，衆數萬人，遣孫乾與袁紹連和②，曹公遣劉岱、王忠擊之，不克③。

五年，曹公東征先主，先主敗績④。曹公盡收其衆⑤，虜先主妻子，並禽關羽以歸。先主走青州。青州刺史袁譚，先主故茂才也，將步騎迎先主。先主隨譚到平原，譚馳使白紹。紹遣將道路奉迎，身去鄴二百里，與先主相見。駐月餘日，所失亡士卒稍稍來集。曹公與袁紹相拒于官渡，汝南黃巾劉辟等叛曹公應紹。紹遣先主將兵與辟等略許下。關羽亡歸先主。曹公遣曹仁將兵擊先主，先主還紹軍，陰欲離紹，乃說紹南連荊州牧劉表。紹遣先主將本兵復至汝南，與賊龔都等合，

皇叔敗走投袁紹

衆數千人。曹公遣蔡陽擊之，爲先主所殺。

注釋 ①靈等還：這裏指朱靈等人回到許都。②連和：連接，聯合。③不克：没有取得勝利。④敗績：打了敗仗。⑤衆：指部隊。

譯文 劉備占領了下邳。朱靈等人回去了，劉備就殺死了徐州刺史車冑，留下關羽守衛下邳，自己回到小沛去。東海人昌霸造反，很多郡縣都背叛了曹操投向劉備，劉備的軍隊達到幾萬人，並派遣孫乾去和袁紹聯合。曹操派劉岱和王忠去打劉備，没有戰勝。

建安五年（公元二〇〇年），曹操東進去征討劉備，劉備打了敗仗。曹操把他的軍隊全部收編，俘虜了他的妻小，並且捉住了關羽，然後返回許都。劉備逃往青州。青州刺史袁譚是劉備以前推舉的秀才，率領步、騎兵來迎接劉備。劉備隨着袁譚到了平原，袁譚派使節乘馬奔馳去報告袁紹。袁紹派將領在半路迎接，親自從鄴城迎出二百里來與劉備見面。劉備住了一個多月後，他手下逃散的士兵漸漸來集合。曹操和袁紹在官渡相對峙，汝南的黃巾軍劉辟等人背叛了曹操去響應袁紹。袁紹派遣劉備領兵和劉辟等人攻取許都附近。關羽逃回來歸附劉備。曹操派遣曹仁率領士兵去攻打劉備。劉備回到袁紹軍中，私下謀劃離開袁紹，就勸說袁紹與南方的荊州牧劉表聯合。袁紹派遣先主率領他自己的兵馬再到汝南去，與賊軍龔都等人會合，有幾千人馬。曹操派蔡陽去攻打他們，被劉備殺死。

原文 曹公既破紹，自南擊先主。先主遣麋竺、孫乾與劉表相聞①，表自郊迎②，以上賓禮待之，益其兵，使屯新野③。荊州豪傑歸先主者日益多，表疑其心，陰禦之。使拒夏侯惇、于禁等于博望④。久之，先主設伏兵，一旦自燒屯僞遁⑤，惇等追之，爲伏兵所破。

十二年，曹公北征烏丸，先主說表襲許，表不能用。曹公南征表，會表卒，子琮代立，遣使請降。先主屯樊，不知曹公卒至，至宛乃聞之，遂將其衆去。過襄陽，諸葛亮說先主攻琮，荊州可有。先主曰：「吾不忍也。」乃駐馬呼琮，琮懼不能起。琮左右及荊州人多歸先主。比到當陽，衆十餘萬，輜重數千兩，日行十餘里，別遣關羽乘船數百艘，使會江陵。或謂先主曰：「宜速行保江陵，今雖擁大衆，被甲者少，若曹公兵至，何

《典略》曰：「備過此表墓，遂涕泣而去。」

以拒之？」先主曰：「夫濟大事必以人爲本，今人歸吾，吾何忍棄去？」

注釋

①與劉表相聞：通知劉表，讓劉表知道這件事。②郊：離都城百里叫作郊，這裏泛指城外，野外。③新野：縣名，現在河南省新野縣。④博望：古代的縣名，在現在的河南省方縣西南。⑤僞遁：裝作逃跑。

譯文

曹操打敗袁紹以後，親自到南方攻打劉備。劉備派遣糜竺、孫乾去通知劉表。劉表親自到郊外迎接劉備，用對待上等賓客的禮節接待他，給他補充兵馬，讓他駐扎在新野。荆州的豪傑們來投奔劉備，人數一天天增多。劉表懷疑劉備有二心，就在暗中提防他，讓他到博望去抵擋夏侯惇、于禁等人。過了很久，劉備設下伏兵，一天早晨自己燒了軍營假裝逃跑，

劉玄德携民渡江

建安十二年（公元二〇七年），曹操北征烏丸，劉表之子劉琮投降。劉琮部下和荆州居民中，都來歸附劉備。劉備因「濟大事必以人爲本」之故，虽日行十幾里，仍堅持領民衆、車輛輜重前行。

夏侯惇等人去追，被劉備的伏兵打敗。

建安十二年（公元二〇七年），曹操向北征伐烏丸。劉備勸説劉表乘機襲擊許都，劉表沒有采納。曹操南征劉表，恰遇上劉表去世，劉表的兒子劉琮承襲劉表做了荆州牧，他派使節向曹操投降。劉備駐在樊城，不知道曹操突然來臨，曹軍到了宛城後他才聽説，就率領部下離開。經過襄陽時，諸葛亮勸説劉備攻打劉琮，占領荆州，劉備説：「我不忍心啊！」就停下馬來呼喊劉琮，劉琮畏懼，不敢站出來答話。劉琮的部下和荆州居民中，很多人都來歸附劉備。快到當陽時，劉備有了十多萬人，幾千輛車輛輜重，每天衹能走十幾里。另外派關羽領幾百艘船到江陵會合。有的人勸劉備説：「應該盡快行軍去保住江陵，現在雖然擁有大批人馬，但能打仗的士兵很少，如果曹操的軍隊到了，用什麼去抵擋他？」劉備説：「要辦成大事必須把人當作根本，現在大家來歸附我，我怎麼忍心把他們拋棄了自己離開呢？」

原文

曹公以江陵有軍實①，恐先主據之，乃釋輜重，輕軍到襄陽。聞先主已過，曹公將精騎五千急追之，一日一夜行三百餘里，及于當陽之長阪。

《三輔決錄》注曰：「金旋，字元機，遷中郎將，領武陵太守，爲備所攻劫死。」

先主棄妻子，與諸葛亮、張飛、趙雲等數十騎走，曹公大獲其人衆輜重。先主斜趣漢津②，適與羽船會，得濟沔③，遇表長子江夏太守琦衆萬餘人，與俱到夏口。先主遣諸葛亮自結于孫權，權遣周瑜、程普等水軍數萬，與先主并力，與曹公戰于赤壁，大破之，焚其舟船。先主與吳軍水陸並進，追到南郡，時又疾疫，北軍多死，曹公引歸。

先主表琦爲荆州刺史，又南征四郡。武陵太守金旋、長沙太守韓玄、桂陽太守趙範、零陵太守劉度皆降。廬江雷緒率部曲數萬口稽顙。琦病死，羣下推先主爲荆州牧，治公安。權稍畏之，進妹固好④。先主至京見權，綢繆恩紀⑤。權遣使雲欲共取蜀，或以爲宜報聽許，吳終不能越荆有蜀，蜀地可爲己有。荆州主簿殷觀進曰：「若爲吳先驅，進未能克蜀，退爲吳所乘，即事去矣。今但可然贊其伐蜀，而自説新據諸郡，未可興動，吳必不敢越我而獨取蜀。如此進退之計，可以收吳、蜀之利。」先主從之，權果輟計。遷觀爲別駕從事。

注釋　①軍實：指器械、糧草等軍用物資。②斜趣：斜着插過。③濟：渡過。④進妹：孫權把自己的妹妹進獻給劉備做妻子。固好：鞏固友好關係。⑤綢繆恩紀：加深恩情。綢繆，緊密纏縛。恩紀，恩情。

譯文　曹操因爲江陵有軍用物資，恐怕劉備占據它，就丟下輜重，輕裝行軍到襄陽。聽説劉備已經過去了，曹操率領精鋭騎兵五千人急速追趕，一天一夜裏跑了三百多里路，在當陽的長坂追上了他。

劉備扔下妻子兒女，和諸葛亮、張飛、趙雲等幾十人騎馬逃走。曹操繳獲了劉備的大量輜重物資，俘獲了大批人馬。劉備走捷徑直奔漢津，正巧與關羽的戰船會合，得以渡過沔水；

赤壁

周公瑾赤壁鏖兵

遇到劉表的長子江夏太守劉琦領兵一萬多人，和他們一起都來到夏口。劉備派諸葛亮去和孫權結盟。孫權派遣周瑜、程普等人帶幾萬名水軍，和劉備共同作戰，與曹操在赤壁交戰，大敗曹軍，燒毀曹軍戰船。劉備和吳軍從水陸兩路同時進攻，追趕到南郡。當時又流行疾病，北軍士兵病死得很多，曹操衹好領兵而回。

劉備上奏章立劉琦爲荆州刺史，又向南去征伐四個郡。武陵太守金旋、長沙太守韓玄、桂陽太守趙範、零陵太守劉度全投降了。廬江人雷緒率領他的部曲私兵幾萬人來歸順。劉琦病死，部下官員們推舉劉備做荆州牧，官府設在公安。孫權逐漸有些擔心劉備，就把妹妹嫁給劉備以鞏固友好關係。劉備到京口去見孫權，雙方親密無間，互頌恩情。之後孫權派使節來說想要共同去奪取蜀地。劉備屬下有人認爲應該答應孫權的要求，因爲吳國總不能跨越荆州去占有蜀地，蜀地可以自己占有。荆州主簿殷觀進諫說：「如果我們給吳國做先鋒，進攻未必能戰勝蜀軍，退回來會被吳國乘機攻打，我們的宏圖大業就沒有生機了。現在衹能贊成吳國去討伐蜀地，而說我們自己剛占據了幾個郡，尚不能興師動衆，而吳國一定不敢越過我們這裏去單獨奪取蜀地。這樣是可進可退的計策，可以坐收吳、蜀爭鬥的好處。」劉備按他說的辦了。孫權果然收回了伐蜀的計劃。劉備把殷觀升爲別駕從事。

【原文】十六年，益州牧劉璋遥聞曹公將遣鍾繇等向漢中討張魯，內懷恐懼。別駕從事蜀郡張松說璋曰：「曹公兵強無敵于天下，若因張魯之資以取蜀土①，誰能禦之者乎？」璋曰：「吾固憂之而未有計。」松曰：「劉豫州，使君之宗室而曹公之深仇也，善用兵，若使之討魯，魯必破。魯破，則益州強，曹公雖來，無能爲也。」璋然之，遣法正將四千人迎先主②，前後賂遺以巨億計③。正因陳益州可取之策④。先主留諸葛亮、關羽等據荆

《益部耆舊雜記》曰：「張任，蜀郡人，家世寒門。少有膽勇，有志節，仕州爲從事。」

州，將步卒數萬人入益州。至涪，璋自出迎，相見甚歡。張松令法正白先主，及謀臣龐統進說，便可于會所襲璋。先主曰：「此大事也，不可倉卒⑤。」璋推先主行大司馬，領司隸校尉；先主亦推璋行鎮西大將軍，領益州牧。璋增先主兵，使擊張魯，又令督白水軍。先主併軍三萬餘人，車甲器械資貨甚盛。是歲，璋還成都。先主北到葭萌，未即討魯，厚樹恩德，以收衆心。

注釋 ①因：利用。②法正：人名。③賂遺：送給別人的財物。④因：趁機。陳：陳述。⑤倉卒：匆忙。

譯文 建安十六年（公元二一一年），益州牧劉璋在遠方聽說曹操將派鍾繇等人到漢中去討伐張魯，心中恐懼不安。別駕從事蜀郡人張松勸說劉璋：「曹操的軍隊強大，無敵于天下，如果憑借張魯的物資來奪取蜀郡土地，誰能抵擋他呢？」劉璋說：「我一直爲這件事擔憂，但沒有辦法。」張松說：「劉備是您的本家親屬，又和曹操有深仇，他善于用兵，如果讓他去攻打張魯，張魯一定被打垮。張魯被打垮後，益州就強大了，曹操即使來攻也不能取勝。」劉璋認爲他說得對，派遣法正率領四千人去迎接劉備，前前後後送給劉備的財物要用億來計算。法正趁機向劉備陳述了贏取益州的策略。劉備留下諸葛亮、關羽等人據守荊州，自己率領幾萬名步兵進入益州。劉備到了涪城後，劉璋親自出來迎接，見面時雙方都非常高興。張松讓法正告訴劉備，同時謀臣龐統也進言勸說，他們都認爲劉備當時就可以在會見的地方襲擊劉璋。劉備說：「這是大事，不能匆忙決定。」劉璋推舉劉備代理大司馬，兼任司隸校尉；劉備也推舉劉璋代理鎮西大將軍，兼任益州牧。劉璋給劉備補充士兵，讓他去攻打張魯，又任命他統領白水的駐軍。劉備會集的軍隊共三萬多人，戰車、甲冑、兵器和物資財物等十分充足。當年，劉璋回到成都。劉備向北到達葭萌，沒有馬上討伐張魯，卻廣布恩德，來收取軍民之心。

原文 明年，曹公征孫權，權呼先主自救①。先主遣使告璋曰：「曹公征吳，吳憂危急。孫氏與孤本爲唇齒②，又樂進在青泥與關羽相拒③，今不往救羽，進必大克，轉侵州界，其憂有甚于魯。魯自守之賊，不足慮也。」乃從璋求萬兵及資實，欲以東行，璋但許兵四千，其餘皆給半。張松書與先主及法正曰：「今大事垂可立④，如何釋此去乎？」松兄廣漢太守肅，懼禍逮己⑤，白璋發其謀。于是璋收斬松，嫌隙始構矣。璋敕關戍諸將文書勿復關通先主。先主大怒，召璋白水軍督楊懷，責以無禮，斬之。乃使黃忠、卓膺勒兵向璋。先主徑至關中，質諸將並士卒妻子，引兵與忠、膺等進到涪，據其城。璋遣劉璝、冷苞、張任、鄧賢等拒先主于涪，皆破敗，退保綿竹。璋復遣李嚴督綿竹諸軍，嚴率衆降先主。先主軍益強，分遣諸將平下屬縣，諸葛亮、張飛、趙雲等將兵泝流定白帝、江州、江陽，惟關羽留鎮荆州。先主進軍圍雒；時璋子循守城，被攻且一年。

注釋 ①自救：救自己。②唇齒：比喻關係很密切。③相拒：相互抗擊。④大事：指襲擊劉璋，占據益州。垂：臨近。⑤逮己：連累自己。

譯文 第二年，曹操征伐孫權，孫權向劉備呼救。劉備派使節告訴劉璋：「曹操征伐吳國，吳國的形勢危急，令人擔憂。孫氏和我本來是唇齒相依的鄰邦，又有樂進在青泥關和關羽相對峙，現在不去救關羽，樂進一定會大勝，進一步侵犯益州境界，那會比張魯更讓人擔憂。張魯衹是自己守護一方的賊寇，不值得擔心。」劉備向劉璋要求給一萬名士兵和物資供應，想向東行軍。劉璋衹答應給四千士兵，其餘的物資全衹給一半。張松給劉備和法正寫信，說：「現在大事馬上就能成功了，爲什麼丟下它走開呢？」張松的哥哥廣漢太守張肅，害怕張松惹出災禍連累自己，告訴劉璋，揭發了張松的陰謀。于是劉璋把張松抓起來殺死，劉璋和劉備的仇怨和裂痕也開始形成。劉璋命令守關的衆將領不要再把文書交給劉備。劉備大怒，把劉璋的白水軍督楊懷叫來，責備他無禮，並殺了他。劉備派黃忠、卓膺領兵攻打劉璋。劉備一直到白水關中，把各個將官和士兵們的妻子兒女扣做人質，領兵和黃忠、卓膺等人進攻到涪城，占據了它。劉璋派劉璝、冷苞、張任、鄧賢等人在涪城抵擋先主，全被打敗，退回去保衛綿竹。劉璋又派李嚴去督領綿竹的各支軍隊，可李嚴又率領軍隊投降了劉備。劉備的軍隊更加強大，把各個將領分別派出去平定下屬各縣，諸葛亮、張飛、趙雲等人領兵逆流而上，平定了白帝、江州、江陽等地，衹把關羽留下來鎮守荆州。劉備進軍圍攻雒城。當時劉璋的兒子劉循守雒城，被圍攻了近一年。

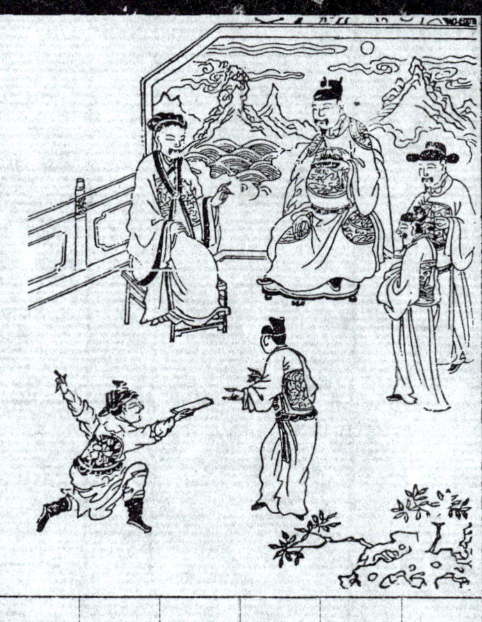

劉玄德平定益州

建安十九年夏，劉備圍困益州數十天，劉璋斷水斷糧，衹得出城投降。劉備代益州牧，任諸葛亮爲輔弼，關羽、張飛、馬超各盡其能，劉備開始鞏固自身實力。

原文

十九年夏，雒城破，進圍成都數十日，璋出降。蜀中殷盛豐樂①，先主置酒大饗士卒，取蜀城中金銀分賜將士，還其穀帛②。先主復領益州牧，諸葛亮爲股肱③，法正爲謀主，關羽、張飛、馬超爲爪牙④，許靖、麋竺、簡雍爲賓友⑤。及董和、黄權、李嚴等本璋之所授用也，吴壹、費觀等又璋之婚親也，彭羕又璋之所排擯也，劉巴者宿昔之所媿恨也，皆處之顯任，盡其器能。有志之士，無不競勸。

二十年，孫權以先主已得益州，使使報欲得荆州。先主言：「須得凉州，當以荆州相與。」權忿之，乃遣呂蒙襲奪長沙、零陵、桂陽三郡。先主引兵五萬下公安，令關羽入益陽。是歲，曹公定漢中，張魯遁走巴西。先主聞之，與權連和，分荆州江夏、長沙、桂陽東屬；南郡、零陵、武陵西屬，引軍還江州。遣黄權將兵迎張魯，張魯已降曹公。曹公使夏侯淵、張郃屯漢中，數數犯暴巴界。先主令張飛進兵宕渠，與郃等戰于瓦口，破郃等，郃收兵還南鄭。先主亦還成都。

注釋

①殷盛豐樂：物資豐富，生活舒適安逸。②還其穀帛：把所掠奪來的東西都歸還原主。③股肱：輔佐。股，大腿；肱，小手臂。④爪牙：比喻武臣。⑤賓友：門下的賓客。

譯文

建安十九年（公元二一四年）夏天，雒城被攻占，劉備進軍包圍成都幾十天，劉璋出城投降。蜀郡中殷實富裕，物產豐富，人民安樂。劉備設置酒宴，大規模招待士兵，取出蜀城中的金銀分賜給將士們，把米穀布帛交還原主。劉備又代理益州牧，諸葛亮作爲輔弼，法正作爲謀劃的負責人，關羽、張飛、馬超作爲猛將，許靖、麋竺、簡雍是賓友。至于董和、黄權、李嚴等人，本來是劉璋任用的官員，吳壹、費觀等人又是劉璋的姻親，彭羕是被劉璋排擠的人，劉巴是劉璋過去忌恨的人，他們全被委任在顯要的職位上，充分發揮他們的才能。有志向的士人，沒有一個不是勤勉向上的。

建安二十年（公元二一五年），孫權因爲劉備已經得到了益州，就派使節告訴劉備他想要荆州。劉備說：「必須得到凉州以後，才會把荆州交給您。」孫權爲此很氣憤，就派呂蒙偷襲，奪取了長沙、零陵、桂陽三郡。劉備領着五萬士兵沿江而下，到了公安，命令關羽進入益陽。這一年，曹操平定了漢中，張魯逃到巴西去。劉備聽說後，和孫權講和，結成聯盟，把荆州的江夏、長沙、桂陽劃歸東吳，把南郡、零陵、武陵劃歸西蜀。劉備領兵回江州，派黃權領兵去迎戰張魯，此時張魯已經投降了曹操。曹操派夏侯淵、張郃駐在漢中，多次侵犯騷擾巴郡境內。劉備命令張飛進軍宕渠，張飛和張郃等人在瓦口交戰，打敗了張郃等人，張郃收攏兵馬回到南鄭。劉備也回到成都。

原文 二十三年，先主率諸將進兵漢中。分遣將軍吳蘭、雷銅等入武都，皆爲曹公軍所沒。先主次于陽平關，與淵、郃等相拒。

二十四年春，自陽平南渡沔水，緣山稍前①，于定軍興勢作營②。淵將兵來爭其地。先主命黃忠乘高鼓譟攻之③，大破淵軍，斬淵及曹公所署益州刺史趙顒等。曹公自長安舉衆南征。先主遥策之曰：「曹公雖來，無能爲也，我必有漢川矣④。」及曹公至，先主斂衆拒險⑤，終不交鋒，積月不拔，亡者日多。

夏，曹公果引軍還，先主遂有漢中。遣劉封、孟達、李平等攻申耽于上庸。

注釋 ①緣：沿着。山：定軍山。稍前：逐步前進。②作營：安營扎寨。③乘高：登上高地。鼓譟：擊鼓吶喊。④必有：一定占有。⑤斂衆：集合部隊。拒險：抗拒危險。

譯文 建安二十三年（公元二一八年），劉備率領各路將領進軍漢中。另派將軍吳蘭、雷銅等人進入武都，但他們全被曹操的軍隊消滅了。劉備軍隊到達陽平關，和夏侯淵、張郃等人相對峙。

建安二十四年（公元二一九年）春天，劉備從陽平關向南渡過沔水，沿着山邊逐漸前進，在定軍山依勢修建營壘。夏侯淵領兵來爭奪這塊陣地。劉備命令黃忠登上高山擊鼓吶喊，向夏侯淵進攻，把他們打得大敗，殺死了夏侯淵和曹操任命的益州刺史趙顒等人。曹操從長安發動軍隊南征。劉備事先分析說：「曹操即使來了，也無能爲力。我們必定會占有漢川。」到曹操來了後，劉備把軍隊聚集起來守住險要地勢，抵擋曹軍，始終不和他們交戰，曹軍幾個月都無法攻克，逃跑的士兵日益增多。夏天，曹操果然領兵回去了。劉備就占有了漢中，派劉封、孟達、李平等人到上庸去攻打申耽。

原文

秋，羣下上先主爲漢中王①，表于漢帝曰：「平西將軍都亭侯臣馬超、左將軍長史領鎮軍將軍臣許靖、營司馬臣龐羲、議曹從事中郎軍議中郎將臣射援、軍師將軍臣諸葛亮、蕩寇將軍漢壽亭侯臣關羽、征虜將軍新亭侯臣張飛、征西將軍臣黄忠、鎮遠將軍臣賴恭、揚武將軍臣法正、興業將軍臣李嚴等一百二十人上言曰：昔唐堯至聖而四凶在朝，周成仁賢而四國作難，高后稱制而諸呂竊命，孝昭幼沖而上官逆謀②，皆馮世寵③，藉履國權④，窮凶極亂⑤，社稷幾危。非大舜、周公、朱虛、博陸，則不能流放禽討，安危定傾。

「伏惟陛下誕姿聖德，統理萬邦，而遭厄運不造之艱。董卓首難，蕩覆京畿，曹操階禍，竊執天衡；皇后太子，鴆殺見害，剝亂天下，殘毀民物。久令陛下蒙塵憂厄，幽處虛邑。人神無主，遏絕王命，厭昧皇極，欲盗神器。左將軍領司隸校尉豫、荆、益三州牧宜城亭侯備，受朝爵秩，念在輸力，以殉國難。睹其機兆，赫然憤發，與車騎將軍董承同謀誅操，將安國家，克寧舊都。會承機事不密，令操游魂得遂長惡，殘泯海內。臣等每懼王室大有閻樂之禍，小有定安之變，夙夜惴惴，戰慄累息。

「昔在《虞書》，敦序九族，周監二代，封建同姓，《詩》著其義，歷載長久。漢興之初，割裂疆土，尊王子弟，是以卒折諸呂之難，而成太宗之基。臣等以備肺腑枝葉，宗子藩翰，心存國家，念在弭亂。自操破于漢中，海內英雄望風蟻附，而爵號不顯，九錫未加，非所以鎮衛社稷，光昭萬世也。奉辭在外，禮命斷絕。昔河西太守梁統等值漢中興，限于山河，

玄德進位漢中王

公元二一九年，劉備攻陷漢中，占領了荊襄、兩川之地，進位漢中王，給漢獻帝上奏章。至此，三分天下的格局初露端倪。

位同權均，不能相率，咸推寶融以爲元帥，卒立效績，摧破隗囂。今社稷之難，急于隴、蜀，操外吞天下，內殘羣寮，朝廷有蕭牆之危，而禦侮未建，可爲寒心。臣等輒依舊典，封備漢中王，拜大司馬，董齊六軍，糾合同盟，掃滅凶逆。以漢中、巴、蜀、廣漢、犍爲爲國，所署置依漢初諸侯王故典。夫權宜之制，苟利社稷，專之可也。然後功成事立，臣等退伏矯罪，雖死無恨。」遂于沔陽設壇場，陳兵列衆，羣臣陪位，讀奏訖，御王冠于先主。

注釋 ①上：同「尚」，勸說。②逆謀：陰謀作亂，想篡權。③馮：同「憑」，憑借。世寵：世代所受到的恩寵。④藉履國權：踐踏，引申爲掌握。⑤窮凶極亂：也就是說窮凶極惡。

譯文 秋天，部下官員們推舉劉備做漢中王，給漢獻帝上奏章說：「平西將軍都亭侯臣馬超、左將軍長史領鎮軍將軍臣許靖、營司馬臣龐羲、議曹從事中郎軍議中郎將臣射援、軍師將軍臣諸葛亮、蕩寇將軍漢壽亭侯臣關羽、征虜將軍新亭侯臣張飛、征西將軍臣黃忠、鎮遠將軍臣賴恭、揚武將軍臣法正、興業將軍臣李嚴等一百二十人進言上奏：過去唐堯是至高的聖人，但朝廷中有四凶；周成王仁義賢明，但屬下有四國叛亂；高后執掌朝政，而呂氏想竊取君權；孝昭帝年幼，上官桀便陰謀叛逆；他們全是憑借世代受寵幸，利用掌握了國家大權，窮凶極惡地作亂，幾乎顛覆國家社稷。不是大舜、周公、朱虛侯、博陸侯他們出面，征討他們，就不能把凶徒們擒獲、流放，使處于危難中的國家安定。

「臣子們想到陛下天生有聖明的德行和帝王的姿容，統治天下萬國，卻遭到厄運，受到無法救助的艱難。董卓首先發難，動搖顛覆了京都；曹操接着製造災禍，竊取了國家權力。皇后太子都被毒死和殺害；天下百姓受到剝削，遭受動亂，民間財力被破壞。陛下長久地蒙受流亡之苦，憂愁困苦，被軟禁在空曠的城裏。人民和神靈都没有了主人，帝王的命令被阻擋和斷絶，曹操抑制和遮掩着皇帝的權力，要盜竊國家政權。左將軍領司隸校尉豫、荆、益三州牧宜城亭侯劉備，接受了朝廷的官秩和爵位，想爲國家盡力，獻身于國難。他看到變化的徵兆，在關鍵時刻猛然奮起，和車騎將軍董承一同謀劃誅殺曹操，準備安定國家，使京城恢復舊日的安寧。但董承對機要保密不夠，使曹操這個游魂得以繼續作惡，殘害海内志士。臣子們經常害怕王室大則遭到閻樂殺秦二世那樣的災禍，小則遭到王莽把皇帝廢爲定安公那樣的政變，晝夜惴惴不安，渾身戰栗，呼吸急促。

「過去《虞書》記載，天子的九族親屬要依照遠近次序給予厚待。周朝鑒于夏、商兩代的教訓，給天子的同姓封地建國。《詩經》記載了它們的意義，傳誦了很多年。漢朝建立的初年，分割疆土，尊崇君王的子弟，因此最終挫敗了吕氏的叛亂，而成就了劉氏的基業。臣子們認爲劉備是帝王的後裔、劉氏同宗子弟，是國家的屏障。他一心爲國擔憂，想要平定暴亂。自從曹操在漢中被打敗，國内各地的英雄紛紛投奔劉備，向他歸附。但是他的爵位不夠顯赫，朝廷還没有封賜給他九錫，這不是用來鎮守住國家社稷，光照萬代的做法。臣等奉命在外，朝廷的禮儀和命令都被隔絶了。過去河西太守梁統等人遇上漢朝中興，被山河險阻隔斷，衆將們地位相同，權力均等，不能相互統率，就一致推舉竇融做元帥，終于能建立功績，打垮了隗囂。現在國家遭到的危難，比光武帝時隴西、蜀郡被割據的形勢更嚴重。曹操在外吞併天下，在朝内殘害百官。朝廷有禍起蕭牆的危險，但抵禦危難的宗室還没有被封王，實在令人寒心。臣子們就依照先前的典章，推舉劉備爲漢中王，拜他爲大司馬，統帥六軍，糾集同盟者，掃除凶惡的叛逆。把漢中、巴、蜀、廣漢、犍爲等郡作爲漢中王的封國，所設置的官署和官員都依照漢代初年諸侯王的舊典章。這是權宜之計，如果對國家有利，臣子們擅自專權也是可以的。等到以後功業成就，大事完成，臣子們退伏在地承受假借聖意的罪責，即使被處死也不會悔恨。」于是就在沔陽設下祭壇和場地，排列軍隊和民衆，大臣們陪同站立，讀完奏章，給劉備戴上王冠。

原文

先主上言漢帝曰：「臣以具臣之才，荷上將之任①，董督三軍，奉辭于外，不得掃除寇難，靖匡王室②，久使陛下聖教陵遲③，六合之内，否而未泰④，惟憂反側⑤，疢如疾首。曩者董卓造爲亂階，自是之後，羣凶縱横，殘剝海内。賴陛下聖德威靈，人神同應，或忠義奮討，或上天降

鄭玄注曰：「序九族而親之，以衆明作羽翼之臣也。」

《典略》曰：「備于是起館舍，築亭障，從成都至白水關，四百餘區。」

罰，暴逆並殪，以漸冰消。惟獨曹操，久未梟除，侵擅國權，恣心極亂，臣昔與車騎將軍董承圖謀討操，機事不密，承見陷害，臣播越失據，忠義不果。遂得使操窮凶極逆，主后戮殺，皇子鴆害。雖糾合同盟，念在奮力，懦弱不武，歷年未效。常恐殞沒，孤負國恩，寤寐永嘆，夕惕若厲。

「今臣羣寮以爲在昔《虞書》敦敘九族，庶明勵翼，五帝損益，此道不廢。周監二代，並建諸姬，實賴晉、鄭夾輔之福。高祖龍興，尊王子弟，大啓九國，卒斬諸呂，以安大宗。今操惡直醜正，實繁有徒，包藏禍心，篡盜已顯。既宗室微弱，帝族無位，斟酌古式，依假權宜，上臣大司馬漢中王。臣伏自三省，受國厚恩，荷任一方，陳力未效，所獲已過，不宜復忝高位以重罪謗。羣寮見逼，迫臣以義。臣退惟寇賊不梟，國難未已，宗廟傾危，社稷將墜，成臣憂責碎首之負。若應權通變，以寧靖聖朝，雖赴水火，所不得辭，敢慮常宜，以防後悔。輒順衆議，拜受印璽，以崇國威。

仰惟爵號，位高寵厚，俯思報效，憂深責重，驚怖累息，如臨于谷。盡力輸誠，奬厲六師，率齊羣義，應天順時，撲討凶逆，以寧社稷，以報萬分。謹拜章因驛上還所假左將軍、宜城亭侯印綬。」于是還治成都。拔魏延爲都督，鎮漢中。時關羽攻曹公將曹仁，禽于禁于樊。俄而孫權襲殺羽，取荆州。

注釋

①荷：擔任。上將：高級武官，也就是大將，主帥。②靖匡王室：安定輔佐王室。③陵遲：引申爲衰頹。④否而未泰：世道衰退却不興盛。⑤惟憂反側：輾轉不安，翻來覆去。

譯文

劉備向漢獻帝上書說：「臣子以勉強充當臣佐的微末才能，蒙受了上將的重任，統率三軍，奉命在外地，沒有能夠掃除賊寇的危害，扶正安定王室，使陛下的聖明教化長期衰微下去，全國各地動蕩混亂，沒有得到太平。對此我心中憂慮，輾轉反側，像患頭痛病一樣難受。過去董卓首先製造了動亂的根源，從那以後，凶惡的賊人四處橫行，殘害和掠奪全國百姓。依仗陛下神聖的德行和威望，人和神靈共同響應，有時忠臣義士奮起討伐，有時上天降下懲罰，消滅叛逆的暴徒，使他們如同嚴冰逐漸消融。衹有曹操長久以來沒有被消除，他侵奪國家權力，隨心所欲地製造混亂。臣子過去和車騎將軍董承謀劃討伐曹操，事情保密不夠，董承被殺害。臣子到處流亡，沒有根據地，忠義之心沒有成效。如此便使得曹操窮凶極惡，大逆不道，皇后被殺死，皇子被毒害。臣子雖然大舉締結同盟，想要奮力作戰，但生性懦弱沒有武功，多年沒收到效果。臣子經常害怕中途死去，辜負了國家的恩典，無時無刻不在嘆息，晝夜警惕恐懼，像處在危險之中。

「現在臣子的屬官們認爲過去《虞書》講天子的九族親屬要依照遠近次序給予厚待，用賢明的羣臣作爲國家的羽翼。五帝對制度有所增減，但這個原則沒有廢除過。周朝看到夏、商兩代的教訓，同時設立了很多姬姓王國，後來也確實依賴晉、鄭兩國的輔助得到了福祉。漢高祖建立漢朝後，尊崇自己的子弟們，設立了九個大王國，終于殺死了呂氏，安定了嫡親的大宗子孫。現在曹操憎惡排斥正直的官員，在朝中大量安插他的黨徒，包藏禍心，其篡奪國家政權的用心已經很明顯了。宗室已經衰弱，皇帝的親族沒有地位，衆人根據古代的範例斟酌，依照先例臨時借用權力，推舉臣子爲大司馬、漢中王。臣子多次反省自己，已經受到國家的大恩，受任管理一方，爲國盡力還沒有得到成效，所獲得的

恩惠已經過了頭，不應該再占據不應有的高位，加重自己的罪責，招致誹謗。但羣臣們用道義迫使臣子接受。臣子退下來想到賊寇不消滅，國家的危難就沒有終結，宗廟搖搖欲墜，社稷將被推翻，這些成爲臣子擔憂自己職責未盡、要粉身碎骨救國家的思想負擔。如果能適應臨時需要采取變通方法，使聖朝平定安寧，臣子就是赴湯蹈火也在所不辭，怎麼敢衹考慮常規的要求，去避免以後追悔呢？臣子就依從衆人的建議，拜受了印璽，以提高國家的威望。考慮到爵號地位崇高，國家對臣子的恩寵十分優厚，想到報效國家，憂思深切，責任重大，戰戰兢兢，像面臨深谷一樣。臣子盡力奉獻忠誠，獎賞鼓勵六軍，率領忠臣義士們整齊隊伍，順應天時，去打擊凶惡的叛逆，來使國家安寧，報答國家恩情的萬分之一。謹行禮叩拜，送上奏章，並通過驛站送上授予臣的左將軍、宜城亭侯印信與綬帶。」于是劉備把成都作爲王都，提拔魏延任都督，鎮守漢中。當時關羽攻打曹操的將領曹仁，在樊城活捉了于禁。不久孫權襲擊關羽，殺死了他，奪取了荊州。

原文 二十五年，魏文帝稱尊號，改年日黃初。或傳聞漢帝見害，先主乃發喪製服[1]，追謚曰孝愍皇帝。是後在所並言衆瑞[2]，日月相屬。故

議郎陽泉侯劉豹、青衣侯向舉、偏將軍張裔、黃權、大司馬屬殷純、益州別駕從事趙莋、治中從事楊洪、從事祭酒何宗、議曹從事杜瓊、勸學從事張爽、尹默、譙周等上言：「臣聞《河圖》、《洛書》，五經讖、緯，孔子所甄，驗應自遠。謹案《洛書甄曜度》曰：『赤三日德昌，九世會備③，合爲帝際。』《洛書寶號命》曰：『天度帝道備稱皇，以統握契，百成不敗。』《洛書錄運期》曰：『九侯七傑爭命民炊骸④，道路籍籍履人頭⑤，誰使主者玄且來。』《孝經鉤命決錄》曰：『帝三建九會備。』臣父羣未亡時，言西南數有黃氣，直立數丈，見來積年，時時有景雲祥風，從璇璣下來應之，此爲異瑞。又二十二年中，數有氣如旗，從西竟東，中天而行，《圖》、《書》曰：『必有天子出其方。』加是年太白、熒惑、填星，常從歲星相追。近漢初興，五星從歲星謀；歲星主義，漢位在西，義之上方，故漢法常以歲星候人主。當有聖主起于此州，以致中興。時許帝尚存，故羣下不敢漏言。頃者熒惑復追歲星，見在胃昴畢；昴畢爲天綱，《經》曰：『帝星處之，衆邪消亡。』聖諱豫睹，推揆期驗，符合數至，若此非一。臣聞聖王先天而天不違，後天而奉天時，故應際而生，與神合契。願大王應天順民，速即洪業，以寧海內。」

注釋 ①發喪：發布告。製服：製造喪服。②瑞：吉祥，古代的迷信說法，某將登皇位，就有吉祥的徵兆出現。③會：當，遇到。④炊骸：用人骨頭燒火做飯，指百姓傷痕累累。⑤籍履：踐踏。

譯文 建安二十五年（公元二二〇年），魏文帝曹丕自稱皇帝，改年號爲黃初。有傳聞說漢獻帝被害，劉備就爲漢獻

廢獻帝曹丕篡漢

公元二二〇年，曹操去世，此時，曹丕終于卸下包袱，成就曹氏家族之夢想。二月庚午，漢獻帝禪位，改元黃初，曹丕稱帝，史稱魏文帝。

帝發喪，穿上喪服，追上謚號，稱漢獻帝爲孝愍皇帝。這以後各地都說出現種種瑞兆，日日月月接連不斷。因此前任議郎陽泉侯劉豹、青衣侯向舉、偏將軍張裔、黄權、大司馬屬殷純、益州別駕從事趙莋、治中從事楊洪、從事祭酒何宗、議曹從事杜瓊、勸學從事張爽、尹默、譙周等人上奏說：「臣子們聽說《河圖》、《洛書》、五經讖緯這些書，經過孔子的甄選，在很早就有靈驗。謹根據《洛書甄曜度》記載：『崇尚紅色的第三個人主德行昌盛，經過九代遇到備這個人，合起來是成爲皇帝的時機。』《洛書寶號命》說：『天的規律和皇帝的大道都認定備這個人該稱皇，以正統皇族的身份掌握皇權，事事成功不會失敗。』《洛書錄運期》說：『九個諸侯七個豪傑爭奪天下，人民燒骨殖做飯，道路上行人都得踏着死人頭走，誰能主宰天下呢？名字是玄的人就要來了。』《孝經鉤命決錄》說：『皇帝三次建國，第九代遇上備這個人。』臣子的父親沒有去世時，就說西南多次出現黄氣，直升起幾丈高，幾年間，經常有彩雲和祥和的風從天空上的璇璣方位下來與黄氣應和，這是非凡的瑞兆。又在建安二十二年（公元二一七年）中，幾次有一股氣像旗子一樣從西向東，在天正中行走。《河圖》、《洛書》上說：『一定有天子從那個方向出現。』加上這一年太白、熒惑、填星等經常追趕歲星。漢朝剛興起時，五顆星星聚集在歲星周圍。歲星表示五常中的『義』，漢的位置在西方，是『義』的上方，所以漢代常常用歲星來占卜皇帝的出現。應該有聖主在這個州裏興起，並使漢朝中興。當時許都的獻帝還活着，所以羣臣不敢把這情況泄漏出來。不久前熒惑又來追趕歲星，出現在胃、昴、畢三個區域中；昴、畢這個方位是天的中央樞紐，《經》記載：『帝星處在這裏，各種邪惡消亡。』您的名字已經被預示出來，推算出的時機有了驗證，符兆和氣數相合，像這樣的瑞兆不止一件。臣子聽說聖明的君王在天象之前行事，天也不會違背他；在天象出現後行事，就依照天時；所以他能順應時機出生，與神靈相符合。希望大王順應天意和民心，迅速完成偉大的事業，來使國內安寧。」

原文

太傅許靖、安漢將軍糜竺、軍師將軍諸葛亮、太常賴恭、光祿勳黄柱、少府王謀等上言：「曹丕篡弒[1]，湮滅漢室[2]，竊據神器，劫迫忠良，酷烈無道。人鬼忿毒[3]，咸思劉氏。今上無天子，海內惶惶[4]，靡所式仰[5]。羣下前後上書者八百餘人，咸稱述符瑞，圖、讖明徵。間黄龍見武陽赤水，九日乃去。《孝經援神契》曰『德至淵泉則黄龍見』，龍者，君之象也。《易》乾九五『飛龍在天』，大王當龍升，登帝位也。又前關羽圍樊、襄陽，襄陽男子張嘉、王休獻玉璽，璽潛漢水，伏于淵泉，暉景燭耀，靈光徹天。夫漢者，高祖本所起定天下之國號也，大王襲先帝軌跡，亦興于漢中也。今天子玉璽神光先見，璽出襄陽，漢水之末，明大王承其下流，授與大王以天子之位，瑞命符應，非人力所致。昔周有烏魚之瑞，咸曰休哉。二祖受命，《圖》、《書》先著，以爲徵驗。今上天告祥，羣儒英俊，並起《河》、《洛》，孔子讖、記，咸悉具至。

「伏惟大王出自孝景皇帝中山靖王之胄，本支百世，乾祇降祚，聖姿碩茂，神武在躬，仁覆積德，愛人好士，是以四方歸心焉。考省《靈圖》，啓發讖、緯，神明之表，名諱昭著。宜即帝位，以纂二祖，紹嗣昭穆，天下幸甚。臣等謹與博士許慈、議郎孟光，建立禮儀，擇令辰，上尊號。」即皇帝位于成都武擔之南。爲文曰：「惟建安二十六年四月丙午，皇帝備敢用玄牡，昭告皇天上帝后土神祇：漢有天下，歷數無疆。曩者王莽篡盜，光武皇帝震怒致誅，社稷復存。今曹操阻兵安忍，戮殺主后，滔天泯夏，罔顧天顯。操子丕，載其凶逆，竊居神器。羣臣將士以爲社稷墮廢，備宜修之，嗣武二祖，龔行天罰。備惟否德，懼忝帝位。詢于庶民，外及蠻夷君長，僉曰『天命不可以不答，祖業不可以久替，四海不可以無主』。率土式望，在備一人。備畏天明命，又懼漢祚將湮于地，謹擇元日，與百寮登壇，受皇帝璽綬。修燔瘞，告類于天神，惟神饗祚于漢家，永綏四海！」

【注釋】①篡：臣子奪取皇上的皇位。弒：下級殺上級，臣子殺皇上。②湮滅：埋滅。③毒：痛恨。④海內：中原地區，也指全國。⑤靡：没有。式：榜樣。仰：仰仗。這裏指內心無主。

【譯文】太傅許靖、安漢將軍糜竺、軍師將軍諸葛亮、太常賴恭、光祿勛黃柱、少府王謀等人上奏說：「曹丕殺死皇帝篡奪皇位，滅掉了漢朝皇室，竊奪了天下大權，脅迫忠良，極端殘酷，不講道義。

人民和鬼神都憤恨他們的罪惡行徑，全在思念劉氏。現在上無天子，國內人心惶惶，沒有敬仰效法的榜樣。羣臣前後有八百多人上書，全稱頌各種符兆祥瑞，講述圖讖的明顯徵兆。近日武陽的赤水中出現黃龍，過了九天才離去。《孝經援神契》說：『德行達到了深澗中的泉水裏，就出現黃龍。』龍是君王的象徵。《易經・乾卦》九五『飛龍在天』，大王應該像龍一樣升起來登上帝位。又有，前些時關羽包圍了樊城和襄陽，襄陽男子張嘉、王休獻上玉璽。玉璽沉入漢水，落在深深的水底，發出火炬一樣的光輝，神奇的光芒一直照射到天上。漢是高祖從漢中興起並平定了天下的國號。大王沿襲先帝的足跡，也在漢中興起。現在天子玉璽的神光先顯現出來，玉璽出在襄陽，是漢水的下游，表明大王要承繼漢朝的下游，這是授給大王天子的位置；瑞兆顯示的天命與符契相合，不是人力所能達到的。過去周朝有白魚、赤烏的祥瑞，大家都說多麼美好啊！漢高祖和漢世祖（光武帝）接受天命，《河圖》、《洛書》上都預先有記載，作爲徵兆應驗的先例。現在上天顯示出祥瑞，傑出的人才和儒生們共同指出《河圖》、《洛書》和孔子的讖、記等著作中都有記載，十分全面詳盡。

「臣子們想到大王是孝景皇帝中山靖王的後裔，主幹和支系傳了上百代，天神降下福氣；大王的姿容魁梧雄壯，身具神一樣的威武氣勢，仁愛施予百姓，積蓄德行，喜愛人才，好交結士人，因此四方百姓誠心歸附您。考察審視《靈圖》，打開讖緯書籍查尋，神明顯示出的名字明顯昭著。大王應該立即登上帝位，以繼承高祖、世祖，接續宗廟祭祀的次序，這是天下人民的幸事。臣子等人謹與博士許慈、議郎孟光，建立禮儀制度，選擇吉祥的時辰，向大王奉上尊號。」劉備在成都武擔山的南面即皇帝位。撰寫文告說：「在建安二十六年（公元二二一年）四月丙午這一天，皇帝劉備斗膽用黑色公牛祭祀，向皇天上帝后土等神祇明確宣告：漢朝統治天下經歷了無數年。過去王莽篡奪大權，光武皇帝震怒，誅滅王莽，社稷得以重新存在下去。現在曹操依仗武力，何等殘忍，殺害了君主皇后，毀滅中原，罪惡滔天，不顧天神顯示的警告。曹操的兒子曹丕，繼承了曹操的凶惡叛逆心理，竊取了國家大權，羣臣和將士們都認爲國家社稷被毀壞成廢墟，劉備應該去修復它，繼承高祖、世祖的功業，施行上天對賊人的懲罰。劉備德行不足，害怕自己辱沒帝位。向平民百姓詢問，外邊一直問到蠻夷部族的首領，大家都說：『天命給予不可以不應允，祖先的事業不可以長久荒廢，四海之內不可以沒有君主。』全國土地上的人民都把希望寄托在劉備一個人身上。劉備畏懼上天明確顯示的命令，又擔心漢朝的政權將

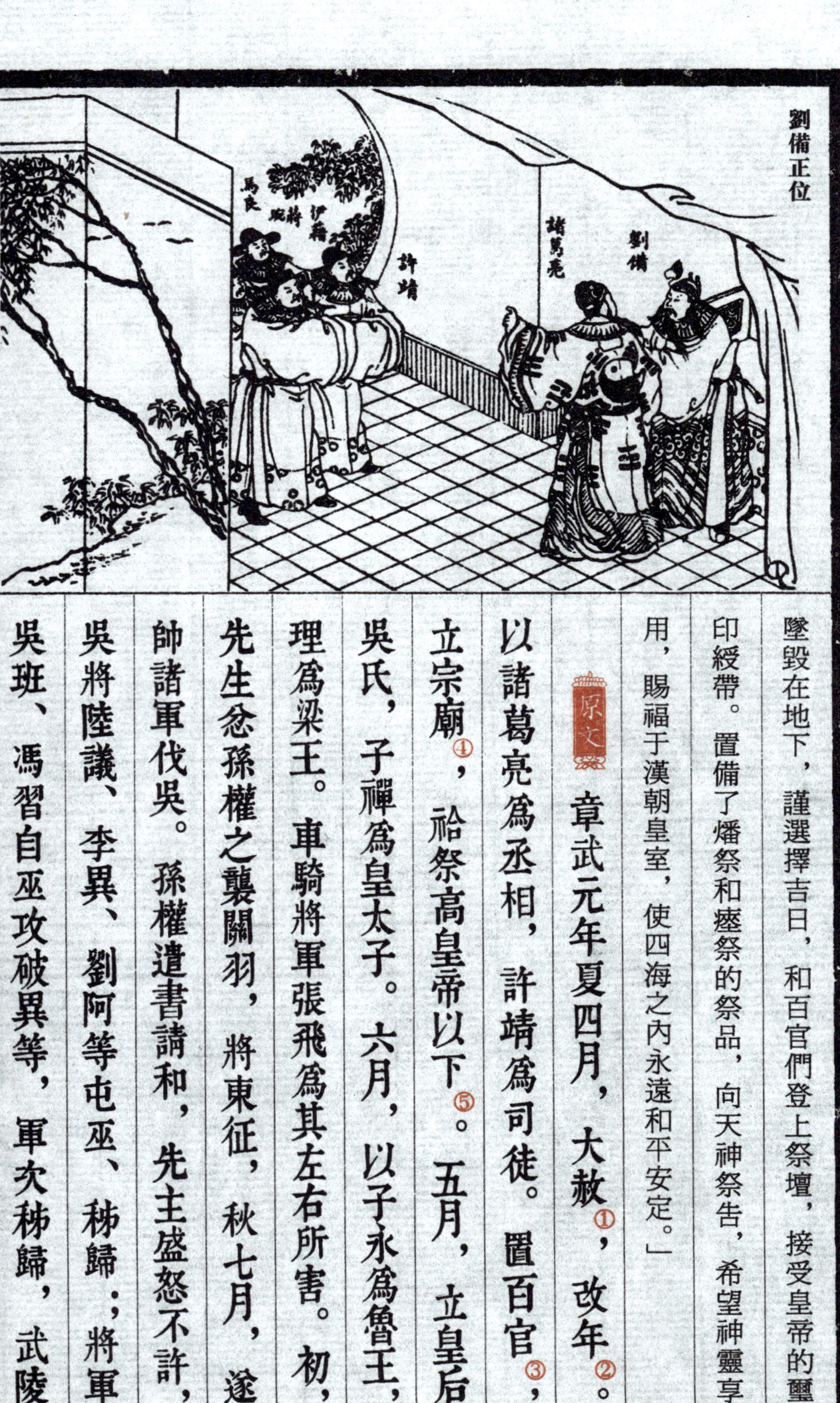

劉備正位

璽毀在地下，謹選擇吉日，和百官們登上祭壇，接受皇帝的璽印綬帶。置備了燔祭和瘞祭的祭品，向天神祭告，希望神靈享用，賜福于漢朝皇室，使四海之內永遠和平安定。」

原文

章武元年夏四月，大赦①，改年②。以諸葛亮爲丞相，許靖爲司徒。置百官③，立宗廟④，祫祭高皇帝以下⑤。五月，立皇后吳氏，子禪爲皇太子。六月，以子永爲魯王，理爲梁王。車騎將軍張飛爲其左右所害。初，先主忿孫權之襲關羽，將東征，秋七月，遂帥諸軍伐吳。孫權遣書請和，先主盛怒不許，吳將陸議、李異、劉阿等屯巫、秭歸；將軍吳班、馮習自巫攻破異等，軍次秭歸，武陵五溪蠻夷遣使請兵。

二年春正月，先主軍還秭歸，將軍吳班、陳式水軍屯夷陵，夾江東西岸。二月，先主自秭歸率諸將進軍，緣山截嶺，于夷道猇亭駐營，自佷山，通武陵，遣侍中馬良安慰五谿蠻夷，咸相率響應。鎮北將軍黃權督江北諸軍，與吳軍相拒于夷陵道。夏六月，黃氣見自秭歸十餘里中，廣數十丈。後十餘日，陸議大破先主軍于猇亭，將軍馮習、張南等皆沒。先主自猇亭還秭歸，收合離散兵，遂棄船舫，由步道還魚復，改魚復縣曰永安。吳遣將軍李異、劉阿等踵躡先主軍，屯駐南山。秋八月，收兵還巫。司徒許靖卒。冬十月，詔丞相亮營南北郊于成都。孫權聞先主住白帝，甚懼，遣使請和。先主許之，遣太中大夫宗瑋報命。冬十二月，漢嘉太守黃元聞先主疾不豫，舉兵拒守。

注釋

①大赦：對已經判刑的罪犯施行減刑或者免刑。②改年：改年號，改元。③置：設

置。④立：設立。⑤祫祭：宗廟中的一種祭祀的禮節，集合遠近祖先的神主于太廟進行大合祭。

譯文

章武元年（公元二二一年）夏季四月，大赦天下，改年號。劉備任命諸葛亮做丞相，許靖做司徒。設置百官，建立了宗廟，一起祭祀了高皇帝以下的各位皇帝。五月，冊封了皇后吳氏，立兒子劉禪爲皇太子。六月，封兒子劉永爲魯王，劉理爲梁王。車騎將軍張飛被他的手下所害。當初，劉備憤恨孫權襲擊關羽，準備東征，秋季七月，就率領各路軍隊征伐吳國。孫權送信來請求講和，劉備盛怒之下沒有答應。吳國的將領陸議、李異、劉阿等人駐扎在巫縣和秭歸，劉備的將軍吳班、馮習從巫縣打垮了李異等人，軍隊到達秭歸，武陵郡的五谿地區蠻夷部落派使者來請求劉備允許他們出兵幫忙。

章武二年（公元二二二年）春季正月，劉備的軍隊回到秭歸，將軍吳班、陳式的水軍駐扎在夷陵，夾着長江在東西兩岸扎營。二月，劉備從秭歸率領衆將進軍，沿着山路，開鑿山嶺，在夷道的猇亭扎下營壘，從佷山修築了通到武陵的道路，派侍中馬良去安慰五谿蠻夷，他們全都紛紛相繼來響應劉備。鎮北將軍黃權統領江北的各支軍隊，與吳軍在夷陵道上相對峙。夏季六月，秭歸一帶十幾里地裏出現了一股黃氣，有幾十丈寬。十幾天以後，陸議在猇亭大敗劉備軍隊，將軍馮習、張南等人全戰死了。

劉備從猇亭回到秭歸，收集離散的軍隊，于是放棄了戰船，從陸路步行回到魚復，把魚復縣改名叫永安。吳國派遣將軍李異、劉阿等人追跟在劉備軍隊的後面，駐扎在南山上。秋季八月，他們才收兵回巫縣。司徒許靖去世。冬季十月，下詔書讓丞相諸葛亮在成都修建南北郊的祭壇。孫權聽說劉備駐在白帝城，非常擔心，派使節來請求講和。劉備答應了，派遣太中大夫宗瑋去復命。冬季十二月，漢嘉太守黃元聽說劉備患病不能治愈，起兵反叛。

原文

三年春二月，丞相亮自成都到永安。三月，黃元進兵攻臨邛縣。遣將軍陳曶討元，元軍敗，順流下江，爲其親兵所縛，生致成都，斬之。先主病篤，托孤于丞相亮①，尚書令李嚴爲副。夏四月癸巳，先主殂于永安宮②，時年六十三。

亮上言于後主曰：「伏惟大行皇帝邁仁樹德③，覆燾無疆，昊天不吊④，寢疾彌留⑤，今月二十四日奄忽升遐，臣妾號咷，若喪考妣。乃顧遺詔，事惟大宗，動容損益；百寮發哀，滿三日除服，到葬期復如禮；其郡國太

《諸葛亮集》載先主遺詔敕後主曰：「朕初疾但下痢耳，後轉雜他病，殆不自濟。」

守、相、都尉、縣令長，三日便除服。臣亮親受敕戒，震畏神靈，不敢有違。臣請宣下奉行。」

五月，梓宮自永安還成都，謚曰昭烈皇帝。秋，八月，葬惠陵。

評曰：先主之弘毅寬厚，知人待士，蓋有高祖之風，英雄之器焉。及其舉國托孤于諸葛亮，而心神無貳，誠君臣之至公，古今之盛軌也。機權幹略，不逮魏武，是以基宇亦狹。然折而不撓，終不爲下者，抑揆彼之量必不容己，非唯競利，且以避害云爾。

注釋

①托孤：把兒子托付給別人。②殂：去世。③大行：一去不復返，臣子忌諱皇上死亡，用大行作比喻。漢以後稱皇帝死爲大行。④昊天：蒼天。不吊：不善良。⑤彌留：本來說人久病不愈，後來稱重病要死了。

譯文

章武三年（公元二二三年）春季二月，丞相諸葛亮從成都來到永安。三月，黃元的軍隊進攻臨邛縣。諸葛亮派遣將軍陳曶去討伐黃元，黃元的軍隊被打敗。黃元順流而下，進入長江，被他的親兵綁起來活着送到成都，砍了頭。劉備病重，把兒子托付給丞相諸葛亮，尚書令李嚴做諸葛亮的副手。夏季四月癸巳，劉備在永安宮去世，當時六十三歲。

諸葛亮上奏章對繼任皇帝劉禪說：「故去的皇帝廣布仁義，樹立德政，覆蓋着無邊無際的土地，蒼天不行善，使皇帝臥病不起，在這個月的二十四日忽然升天，臣子等號啕痛哭，像喪失了父母一樣。看到遺詔寫明，喪事遵奉大宗嗣子的安排，舉動和哀容都要適度。百官發喪哀悼，滿三天後就除去喪服，到了下葬的時候再依照禮儀行事；郡國的太守、相、都尉和縣令們，三天後就除去喪服。臣諸葛亮親自接受告誡和敕令，被先帝的神靈震懾，不敢違背他的詔令。臣子請求向下面宣布，依照執行。」

駕崩白帝

五月，劉備的棺柩從永安運回成都，定謚號爲昭烈皇帝。秋季八月，劉備被葬在惠陵。

評論說：劉備胸懷廣闊，剛毅寬厚，識別人才，禮遇士人，具有高祖的風度、英雄的氣質。至于他把全國和兒子都托付給諸葛亮，而心中毫無懷疑，確實是君臣都有最大的公心，是古往今來最高尚的楷模。劉備在智謀、權變、才幹與方略等方面都趕不上曹操，因此擁有的國土也狹小。然而他百折不撓，始終不肯屈居曹操之下的原因，可能衹是估計曹操的度量一定容不下自己，不僅是與曹操爭利，而且用以避免危害罷了。